图书在版编目（CIP）数据

红楼梦诗词名句赏析 / 刘亮编著. --西安：三秦出版社，2017.9（2019.3重印）

（中华经典国学口袋书 / 徐喜平主编）

ISBN 978-7-5518-1572-7

Ⅰ. ①红… Ⅱ. ①刘… Ⅲ. ①《红楼梦》–古典诗歌–诗歌欣赏 Ⅳ. ①I207. 411

中国版本图书馆CIP数据核字（2017）第193884号

出 品 人　支旭仲
项目策划　匡俊英　白忠平
责　　编　郭珍珍
封面设计　陈　非
版式设计　高东海
内文排版　白英华

出版发行　陕西新华出版传媒集团　三秦出版社
地　　址　西安市北大街147号
电　　话　（029）87205121
网　　址　http: / / www.sqcbs.cn

规　　格　720mm × 910mm　1/32
　　　　　印张7　彩插7　字数124千字
印　　刷　西安新华印务有限公司（独家承印）
版　　次　2017年9月第1版　　2019年3月第4次印刷
标准书号　ISBN 978-7-5518-1572-7
定　　价　18.00元

出版说明

中华文明源远流长，上下五千年，圣贤相继，英才辈出，他们殚精竭虑、呕心沥血，为后人留下了一部部经典作品。这些“经典”如同金砖玉瓦，构建成了一座金碧辉煌的殿堂，我们称之为“国学”。其内容宏富，博大精深，可谓是中华思想文明的浓缩，中国传统文化的精髓，是先贤遗留下的宝贵精神财富，值得好好传承和大力弘扬。越来越多的人们认识到其价值，读国学、诵经典的热潮正在蓬勃兴起，既有数字阅读的风生水起，更有坚守或者回归传统纸质阅读的蔚然成风。

读纸质书，无疑有着其他阅读方式所无法比拟的独特体验，一册在手，可以边读边做批注、写札记、勾画重点，也可以掩卷深思，细细品读。这种探究式阅读方式，有利于人们学习知识、启迪智慧、提升修养、提高境界，也有利于培养孩子们安静学习、锤炼思想、闻着书香做学问的良好习惯。

为了倡导全民阅读，特别是推进纸质阅读，营造爱书、品书氛围，同时考虑到当下人们的生活日趋丰富多彩且节奏加快，闲暇时间越来越碎片化，读书时间相对减少，我们从浩如烟海的国学经典中精心遴选了80部，并对书的内容作了适度精简，编辑出版了“中华经典国学口袋书”系列丛书，希望吸引更多的人回归传统阅读，重视国学经典。“口袋书”，顾名思义就是可以放在口袋里的书籍，其目的就是为读者奉献易于携带、便于翻阅、开卷有益的精神食粮。使他们于居家出行、茶余饭后，随时信手展读，含英咀华，增知怡情。

本丛书涵盖了经史子集、诗词曲赋、笔记信札、经典名句赏析，可谓贯通古今、包罗万象，能够最大限度满足各层面读者的阅读需求。书中既有对照古籍原文的“白话文”，又有介绍典故出处、时代背景、人物事迹等辅助阅读的“注释”，还配以帮助读者理解和提高的“赏析”。使对国学造诣程度各异的读者都可以做到读通、读懂，真正做到了老少皆宜、雅俗共赏。

这套书不仅在内容上编排严谨、注解精当；在外观上也充分彰显书籍之美，版式新颖，设计考究、印装精美，必定会成为您工作生活中的良师益友，带给您全新的阅读感受。

前　言

毫无疑问，长篇巨著《红楼梦》是我国文学史上最伟大、最重要的作品。这部巨著凝聚了大文学家曹雪芹全部的智慧与心血，也可以说曹雪芹将自己整个生命都熔铸到了这部巨著中。他对《红楼梦》“披阅十载，增删五次”，他用“满纸荒唐言，一把辛酸泪，都云作者痴，谁解其中味”道出了自己创作《红楼梦》的甘苦。的确，《红楼梦》是我国文学史上最伟大、最复杂的作品，她把我国的古典小说推到了艺术的巅峰，她是我们中华民族的骄傲，同时也是全人类的宝贵财富。

《红楼梦》作为中国古典四大名著之一，其地位之高自不待言，其中尤以诗词曲赋为甚。它不仅是精彩荟萃的艺术大观园，形象而生动地表现了各个人物的性格特征，也是小说情节发展的有力补充，隐秘而合理地暗示了故事发生的前因后果。有鉴于此，我们编选了这部《红楼梦诗词名句赏析》。本书收集了《红楼梦》主要的诗词曲赋，以名家之笔对其进行了注译。“注释”旨在帮助读者扫清阅读障碍，以简明扼要为原则，不做繁征博引；“译文”旨在帮助读者深化对原著的理解，以通俗性为原则，在脱离《红楼梦》原著的情况下，读者可据此进入小说情境；“赏析”旨在揭示这些作品在小说中的功能以及《红楼梦》的匠心所在，有话则长，无话则短。需要强调的是，这些诗、词、曲是《红楼梦》的一个有机组成部分，对它们的理解是以对《红楼梦》的理解为前提的，对它们的理解也是为了帮助理解《红楼梦》。我们读的是《红楼梦》的诗、词、曲，万万不可割断它们与《红楼梦》的联系。

目　录

石 上 偈……001
绝　　句……003
太虚幻境对联……004
好 了 歌……005
好了歌注……008
荣国府正堂对联……011
西江月二首……012
赞林黛玉……014
护 官 符……016
宁府上房对联……018
秦可卿卧室对联……019
警幻仙姑歌……021
金陵十二钗图册判词·晴雯……022
金陵十二钗图册判词·袭人……023
金陵十二钗图册判词·香菱……025
金陵十二钗图册判词·宝钗和黛玉……026

金陵十二钗图册判词 · 元春…… 027
金陵十二钗图册判词 · 探春…… 029
金陵十二钗图册判词 · 史湘云… 030
金陵十二钗图册判词 · 妙玉…… 031
金陵十二钗图册判词 · 迎春…… 033
金陵十二钗图册判词 · 惜春…… 034
金陵十二钗图册判词 · 王熙凤… 035
金陵十二钗图册判词 · 巧姐…… 037
金陵十二钗图册判词 · 李纨…… 038
金陵十二钗图册判词 · 秦可卿… 039
红楼梦引子……………………… 040
终 身 误………………………… 042
枉 凝 眉………………………… 043
恨 无 常………………………… 045
分 骨 肉………………………… 047
乐 中 悲………………………… 048
世 难 容………………………… 050
喜 冤 家………………………… 052
虚 花 悟………………………… 054
聪 明 累………………………… 056
留 余 庆………………………… 058

晚 韶 华……059
好 事 终……061
飞鸟各投林……063
秦可卿赠言王熙凤……065
第十七回回前诗……066
有凤来仪……067
题大观园……068
旷性怡情……069
万象争辉……070
文章造化……071
文采风流……072
凝晖钟瑞……074
世外仙源……076
有凤来仪……077
蘅芷清芬……079
怡红快绿……080
杏帘在望……082
续《庄子·胠箧》……084
春夜即事……087
夏夜即事……089
秋夜即事……090

冬夜即事……092
叹通灵宝玉诗二首……094
哭花阴诗……096
葬 花 吟……097
第二十八回酒令诗……102
题帕三绝句……103
探春结诗社帖……106
咏白海棠 · 其一……109
咏白海棠 · 其二……111
咏白海棠 · 其三……113
咏白海棠 · 其四……114
白海棠和韵二首……116
忆　　菊……119
访　　菊……121
种　　菊……122
对　　菊……124
供　　菊……126
咏　　菊……127
画　　菊……129
问　　菊……131
簪　　菊……133

菊　影……134
菊　梦……136
残　菊……138
咏螃蟹诗三首……140
探春房内对联……145
第四十回酒令诗……146
代别离·秋窗风雨夕……150
咏月三首……152
咏红梅花（得红字）……156
咏红梅花（得梅字）……158
咏红梅花（得花字）……159
访妙玉乞红梅……161
点绛唇……162
灯谜诗三首……164
咏怀古迹十首……167
　赤壁怀古……167
　交趾怀古……169
　钟山怀古……170
　淮阴怀古……171
　广陵怀古……173
　桃叶渡怀古……175

青冢怀古……………………………176
马嵬怀古……………………………177
蒲东寺怀古…………………………179
梅花观怀古…………………………181
第六十三回花名签酒令……………182
五美吟之西施………………………186
五美吟之虞姬………………………187
五美吟之明妃………………………189
五美吟之绿珠………………………190
五美吟之红拂………………………191
桃 花 行……………………………193
中秋夜大观园即景联句三十五韵
………………………………………197
琴曲四章……………………………203
忆江南二首…………………………207
赞 黛 玉……………………………208

石上偈[1]

无材可去补苍天，枉入红尘若许年[2]。
此系身前身后事，倩谁记去作奇传[3]？

【注释】

〔1〕诗出第一回。偈：梵语“偈陀”的省语，原指佛经中的唱词，后来多指佛教中具有诫世意义的语句。

〔2〕补苍天：苍天，以其色苍苍故称。传说女娲将塌了的天修补好了。作者在这里借用神话故事比喻封建社会秩序遭到严重破坏，自己生性“顽劣”，无法阻挡封建王朝即将崩溃和灭亡的趋势。红尘：佛家以此指代俗家人世。这里指人世间争权夺利的热闹与繁华。

〔3〕身前身后事：这里应指生前的事迹和死后的声誉。奇传：即传奇，中国古代一种类似于小说的文学体裁，这里倒序以符合格律。

【译文】

我没有才能去修补那残破不堪的苍天，白白地在人世间生活了这么多年；这里记载的是我生前死后的经历故事，谁能够把它抄录到人世间去作奇闻流传？

【赏析】

《红楼梦》原题《石头记》。这是开卷的第一首诗，亦是全书的文眼之所在。作者借用《山海经》中虚构的神话故事作为全书的开篇，既暗喻封建社会的“苍天”已经残缺不全，又抒发了作者面对千疮百孔的封建社会，一腔抱负无法实现的强烈感慨。看起来好像是作者对自己无法力挽封建社会的狂澜使之免于将倒感到惭愧，实际上是作者对自己生不逢时、无法实现政治抱负的愤激之言。在这里，他不仅看到封建社会的“苍天”已经残破，而且已经意识到这种残破是无法修补的。既然封建大厦的腐朽和崩溃无法挽救，而作者又遗世独立，不肯与腐败没落的封建统治者同流合污，希望自己“有志归完璞”（曹雪芹《自题画石诗》）。所以他只好转移人生精力，借文学之笔、托顽石之口，将平生所亲身经历和耳闻目睹的故事，著为《红楼梦》这一千古奇书，并且希望它广泛流传，从而达到觉醒红尘众生的目的。

绝　句[1]

满纸荒唐言，一把辛酸泪[2]！
都云作者痴，谁解其中味[3]？

【注释】

〔1〕诗出第一回。

〔2〕荒唐：原指广大、漫无边际，转指荒诞无稽。

〔3〕“都云”二句：这里不仅指开篇“无材补天，幻形入世”的荒唐缘起，也是对书中社会的腐朽、残酷、互相倾轧的丑恶现象的照应。

【译文】

满纸上好像都是荒唐的言语，字字句句却浸透着我心酸的眼泪！人人都说我太过痴情，可又有谁能够真正理解我的良苦用心？

【赏析】

这首五言绝句是专门述说作者创作《红楼梦》的辛酸和苦衷的，也是全书中唯一一首以作者身份出现的诗篇。曹雪芹在悼红轩中“批阅十载，增删五次”，完成《红楼梦》这一旷绝千古的奇书。不仅在作者，就是在后人看来，也是“字字看来皆是血，十年辛苦不寻常”（脂砚斋甲戌本评语）。诗中所谓的“荒唐言”实际上并不荒唐，它是对封建社会人情世态的无情批判和揭露。既包括顽石幻化成“通灵宝玉”被神瑛侍者携入人世的种种奇怪经历，也包括宝、黛、钗爱情故事的悲欢离合，以书中四大家族为代表的封建统治者的内部斗争等。“辛酸泪”一句道尽曹雪芹一生经受的酸甜苦辣。作者创作《红楼梦》时已经由钟鸣鼎食的世家公子沦为“蓬牖茅椽，绳床瓦灶”的落魄书生，生活的艰辛与悲苦非言语所能尽述。古今中外痴人不少，而曹氏独以一己之力、十年之功完成的《红楼梦》一书是对“都云作者痴，谁解其中味”的最好诠释。

太虚幻境对联〔1〕

假作真时真亦假，无为有处有还无〔2〕。

【注释】

〔1〕首次出现在第一回，夏天，甄士隐在书房的梦中。第二次出现在第五回，贾宝玉在太虚幻境所见。太虚：深邃玄妙。

〔2〕假：不真实。无：没有。

【译文】

当假的被当作真的时，真的也就成了假的；当没有被当作有时，有也就成了没有。

【赏析】

作者在故事情节的艺术处理上处处喻真于假，真假交错。“太虚幻境”既是作者运用浪漫主义的手法将读者带进一个超越现实的境界，又是提醒读者读此书一定要分清真假有无，领会作者字里行间所要表达的真实意图，不被以假乱真，无中生有的表面故事所迷惑。如果说大观园是太虚幻境的一个投影，那么太虚幻境又何尝不是大观园的一种幻化？这幅对联以区区十四字将“真”“假”“有”“无”的关系提高到一个蕴涵朴素辩证哲理的高度，其中意味，发人深省。这在作者所处的时代尤其显得难能可贵，也正是该书在艺术创作上立意精妙、源于生活而又高于生活的地方。

好　了　歌[1]

世人都晓神仙好，惟有功名忘不了。
古今将相在何方？荒冢一堆草没了[2]。
世人都晓神仙好，只有金银忘不了；
终朝只恨聚无多，及到多时眼闭了[3]。
世人都晓神仙好，只有姣妻忘不了；
君生日日说恩情，君死又随人去了[4]。

世人都晓神仙好，只有儿孙忘不了；
痴心父母古来多，孝顺儿孙谁见了[5]？

【注释】

〔1〕第一回甄士隐贫病时在街上遇一跛足道人，口内念唱。

〔2〕神仙：道家谓得道成仙的人，能长生不死、来去无方。功名：建立功绩和树立名声。《庄子·山木》：“削迹捐势，不为功名。”后来科举时代谓科举及第为获得功名。冢：坟墓。

〔3〕聚无多：积攒的不够多。

〔4〕姣妻：容貌美好的妻子。恩情：恩惠和情义，这里指夫妻间深挚的感情。

〔5〕痴心：这里指对子孙的眷恋。

【译文】

世上的人都知道去当神仙好，只是建功立名的事情忘不了！古往今来的文臣武将如今都在哪里？只剩下一堆被荒草湮没的坟墓。世上的人都知道去当神仙好，只是恋着那金银财宝忘不了！一天到晚抱怨聚集的还不够多，等到聚集的多的时候自己却死了。

世上的人都知道去当神仙好，只是那美貌的妻子忘不了！你活着的

时候天天对你说如何恩爱，你一死就立刻跟随了别人。世上的人都知道去当神仙好，只是那儿孙后代忘不了！自古以来痴心的父母不计其数，可是孝顺的子孙又有谁真看见了？

【赏析】

《好了歌》语言虽然极其简单、明白、晓畅，符合跛足道人“疯狂落拓”的个性特征，它的涵义却异常丰富，集中反映了封建社会中贵族阶级以“功名”“金钱”“美色”“儿女”为奋斗目标的人生观。曹雪芹通过这首《好了歌》对中国封建社会的残酷、虚伪及互相倾轧给予了无情的抨击，但是他却无法看到这些问题的出路，于是只好用道家的虚无主义眼光来看待这些问题，指出人生追求的一切名、权、利、色等不过是过眼云烟，规劝人们抛弃一切所谓的功名利禄、妻子儿女，去追求消极遁世、了无牵挂（道家所向往的）的神仙生活。从歌中也可以看出当封建贵族费尽心机、孜孜以求的这些东西全都破灭之后，整个封建社会的末日也就即将到来了。

好了歌注[1]

陋室空堂，当年笏满床；衰草枯杨，曾为歌舞场[2]。蛛丝儿结满雕梁，绿纱今又糊在蓬窗上[3]。说什么脂正浓、粉正香，如何两鬓又成霜？昨日黄土陇头送白骨，今宵红绡帐底卧鸳鸯[4]。金满箱，银满箱，转眼乞丐人皆谤[5]。正叹他人命不长，哪知自己归来丧！训有方，保不定日后做强梁；择膏粱，谁承望流落在烟花巷[6]！因嫌纱帽小，致使锁枷扛；昨怜破袄寒，今嫌紫蟒长[7]。乱烘烘你方唱罢我登场，反认他乡是故乡[8]。甚荒唐，到头来都是为他人做嫁衣裳[9]。

【注释】

〔1〕甄士隐听罢《好了歌》，心中悟彻，对《好了歌》做的注解。

〔2〕陋：狭小简陋。笏：古代大臣上朝时所执的手板，用来记事备忘。

〔3〕雕梁：富贵人家雕刻绘饰的梁木。绿纱：富

人家的窗户。蓬窗：穷人家破旧的窗户。

〔4〕脂正浓、粉正香：脂粉用以指代女性，这里指年轻美好的女性。黄土陇头：指坟墓。鸳鸯：鸟名，雌雄偶居不离，喻夫妻。《诗 · 小雅 · 鸳鸯》：“鸳鸯于飞，毕之罗之。”

〔5〕谤：凌辱，诮谤。

〔6〕强梁：这里指强盗。择膏粱：选择富贵人家子弟为婚姻对象。膏粱，本指精美的食品，这里是膏粱子弟的略称。膏，肥肉。粱，精米。烟花巷：妓院。

〔7〕紫蟒：紫色的蟒袍。唐制，官员三品以上着紫衣。

〔8〕他乡：指名利场。这一句比喻错把功名利禄、妻子儿女当作人生的根本。

〔9〕为他人做嫁衣裳：比喻白白地为别人辛苦忙碌。唐秦韬玉《贫女》诗：“苦恨年年压金线，为他人做嫁衣裳。”

【译文】

那简陋的房间和空荡荡的厅堂，当年曾经被朝笏堆满了象牙床；那生满衰败的野草和杨树之处，当年可是歌舞升平的地方。曾经的画栋雕梁如今结满了蛛网，绿色的窗纱却糊在了原来的破窗之上。说什么青春美貌年华正好，为什么转眼间就已经白发如霜？昨天刚刚把去世的爱人埋入黄土，今夜就和他人共枕同床。说什么金银满箱富贵无双，为什

么转眼间沦落为乞丐受人诮谤。正在慨叹着别人短命而丧，哪料想自己一回来就一命夭亡。自以为教子有方，却难保长大后不堕落为贼寇强盗；本想为女儿找一个富贵婆家，谁料想会流落到烟花柳巷！因为嫌弃官职太小（拼命向上爬），反而招致枷锁扛在了肩膀上；昨天因为贫穷还珍爱那件用来御寒的旧衣服，今天却因为富贵嫌弃紫色的蟒袍太长。乱哄哄的社会就像戏台一样一个唱完了又一个走了上来，一个个错把功名利禄、妻子儿女当作人生的追求的目标。多么荒唐啊！到头来都像为别人做嫁衣裳一样徒劳无功。

【赏析】

这篇解注从内容上可以分为六段，概写了一部兴衰史——以贾府为代表的封建贵族大家庭的兴衰史；四种悲剧——红颜薄命、金钱追逐、名门无后（或者说后代不肖）、功名成空的悲剧；最后总写封建统治阶级内部的争斗和末日。被脂砚斋批为："古今亿兆痴人共历此幻场幻事，扰扰纷纷，无日可了"。相对《好了歌》而言，更加形象和无情地抨击了没落的封建社会荣枯变化的无常和人与人之间虚伪的关系，甚至于夫妻之间、父子之间都难以有真情存在。对书中宁荣两府的兴衰机遇是极好的概括和预示。蔡元培评价说："士隐注解《好了歌》，备述沧海桑田之变态，亡国之痛昭然若揭。"我们完全可以把它理解成封建社会走向衰亡的一曲哀乐，它的思想同《好了歌》一样，同属愤世嫉俗的产物。作者用鲜明形象的对比和通俗流畅的语言，对封建社会名利场中的人物予以无情的讽刺和鞭挞，无异于佛家所谓的当头棒喝。不仅对当时社会有一种醒世意义，而且对今天人们认识封建社会的腐败黑暗，也有一定的积极意义。

荣国府正堂对联〔1〕

座上珠玑昭日月，堂前黼黻焕烟霞〔2〕。

【注释】

〔1〕语出第三回林黛玉拜见王夫人时，见到荣国府正堂中所挂的对联。

〔2〕珠玑：身上佩戴的珍珠和美玉。黼黻（fǔ fú）：读如"府弗"，古代高级官员礼服上所绣的花纹。

【译文】

座中宾主身上佩戴的珍珠美玉可以同日月争辉，堂前达官贵人们礼服上的图饰像烟霞一样灿烂夺目。

【赏析】

这幅对联是对荣国府正堂——“荣禧堂”的细节描写之一，书中表明是“乌木联牌，镶着錾银的字迹”，又是“同乡世教弟勋袭东安郡王穆莳拜手书”。对联的内容更是典雅、绮丽又富有文采。从这里可以看出贾府的荣耀和地位是同封建王朝以及贵族的荫护扶持分不开的。只有荣府这样的气派，悬这样大人物的题联才显得协调和般配，如果悬挂在一般的小官吏或者寒素读书人家中，不但有些不相称，也显示不出有多么荣宠。近代佛教律宗大师弘一法师曾经说过：“对失意人莫谈得意事，处得意日莫忘失意时。”这一切富贵绮丽的细节描写没有出现在别人眼里，而偏偏出现在家道中落、不得不寄人篱下的林黛玉眼中，个中深意，发人深思。

西江月二首〔1〕

无故寻愁觅恨，有时似傻如狂。纵然生得好皮囊，腹内原来草莽〔2〕。潦倒不通世务，愚顽怕读文章〔3〕。行为偏僻性乖张，那管世人诽谤〔4〕！

富贵不知乐业，贫穷难耐凄凉〔5〕。可

怜辜负好韶光，于国于家无望。天下无能第一，古今不肖无双[6]。寄言纨袴与膏粱，莫效此儿形状[7]！

【注释】

〔1〕出于第三回宝黛初次会面之时。

〔2〕皮囊：形体和相貌。佛家厌恶人的肉体，以为其中有涕、痰、粪、尿等污物，所以又称躯体为臭皮囊。草莽：原指杂草丛生，这里比喻没有学问。

〔3〕世务：世故人情。

〔4〕乖张：性格执拗不驯。诽谤：批评嘲笑。

〔5〕乐业：满足。

〔6〕不肖：不像。专指不成器、没有出息的子弟。

〔7〕纨袴、膏粱：富贵人家子弟的代称。形状：品德和行为。

【译文】

无缘无故地自寻烦恼和悲伤，有时疯疯傻傻像癫狂了一样。纵然长相潇洒漂亮，怎奈腹内空空像草包一样。荒唐颓废不懂得人情世故，执拗不驯又不愿意学习孔孟文章。行为古怪性格反常，哪里还管得世俗人们的中伤诽谤。

富贵时不知道安居乐业，贫穷时更受不了孤独凄凉。可惜白白地浪费了大好年华，对于理家治国全无指望。天下无能数他为最，古往今来像他一样不成器的人没有第二个。劝告那些富贵人家的公子哥儿们，千万别学这孩子的模样。

【赏析】

这两首描写贾宝玉的词，明贬暗褒，正话反说，看起来好像是嘲弄，实际上却是一种由衷的赞美。作者用寥寥几笔，便勾勒出了贾宝玉不与世俗浮沉、独醒独清、富有叛逆精神的个性特征，又辛辣地讽刺了世态人情的庸俗和封建礼教的腐朽。有知者蛮氏评曰："全书宗旨及推崇宝玉之意悉寓于此。"林黛玉初进贾府，时时小心、事事谨慎，言谈举止，慎之又慎，恐怕被别人耻笑，犹有失言处如答贾母问读书事。因而对贾宝玉虽有先入为主的看法："不知是怎生个惫懒人物、懵懂顽童。"却并非没有疑惑之处。所以当她真正见到贾宝玉其人时，想象和现实发生了强烈的反差，先前的成见和疑惑一扫而光，油然而生了一种对宝玉的爱慕之情。"木石前盟"，今朝得会，岂能不"于我心有戚戚焉"。

赞林黛玉〔1〕

两弯似蹙非蹙罥烟眉，一双似泣非泣含露目〔2〕。态生两靥之愁，娇袭一身之病〔3〕。泪光点点，娇喘微微。闲静时如姣

花照水，行动处似弱柳扶风。心较比干多一窍，病如西子胜三分[4]。

【注释】

〔1〕出于第三回宝黛初次会面之时。

〔2〕蹙（cù）：皱眉，蹙额。罥（juàn）烟眉：形容眉色好看，像一缕轻烟一样。

〔3〕靥：脸颊上的酒窝。

〔4〕比干：殷纣王的叔父。《史记·殷本纪》：“（比干）乃强谏纣。纣怒曰：‘吾闻圣人心有七窍。’剖比干观其心。”这里称赞林黛玉聪明过人。西子：也叫西施，中国古代四大美女之一。传说心痛时“捧心而蹙”的样子很好看。这里是说林黛玉非常漂亮，比西子还胜过三分。

【译文】

似皱非皱的双眉仿佛笼罩着两缕轻烟，高兴中带有一丝忧郁的双眼脉脉含情。两颊的酒窝露出些许哀愁，娇弱的身躯好像常常被疾病侵袭。眼角微露点点泪光，不时地又有些娇喘。安静时仿佛娇艳的鲜花映在水中，行动时又好像柔软的柳条在微风中摆动。聪慧的心灵较比干还多出一点，微露的病容比西施还漂亮三分。

【赏析】

宝玉眼中的黛玉，自然要与众人眼中的黛玉不

同。光是对眉目的描写，便充满着奇思妙想，更别说“心较比干多一窍，病如西子胜三分”之句，直可让相如揖手、子建垂目。“心较比干多一窍”之妙，不仅在于传神地赞美了黛玉的聪明绝顶，同时也隐隐流露出对黛玉的小心眼和多愁善感的担忧。“病比西子胜三分”既不着一字地赞美了黛玉容貌的美好，远远胜过“闭月羞花、沉鱼落雁”之俗套。又点明了黛玉体弱多病的特点，为后来情节的发展埋下伏笔。曹雪芹笔下的人物，成功之处就在每个人物都极具个性上，千人千面，没有丝毫的雷同。总而言之，林黛玉因为多愁善感、体弱多病、身世孤单、精神压抑，加上寄人篱下而又性情高傲敏感，使得自己十分脆弱。作者在这里通过文学的传统意象，以大写意的手法，对她弱不禁风的娇态美作了极其生动的描绘。也为宝黛爱情的悲剧作了铺垫。

护官符〔1〕

贾不假，白玉为堂金作马〔2〕。阿房宫，三百里，住不下金陵一个史〔3〕。东海缺少

白玉床，龙王来请金陵王。丰年好大雪，珍珠如土金如铁。

【注释】

〔1〕第四回门子送给贾雨村的俗谚口碑。

〔2〕白玉为堂：汉乐府《相逢行》：“黄金为君门，白玉为君堂。”此处形容贾家的富贵豪奢。金作马：犹言以黄金开道。

〔3〕阿房宫：秦时营造的极其宏伟的宫殿群。《三辅黄图》：“阿房宫亦曰阿城，秦惠文王造未就，始皇广其宫，规恢三百余里，阁道通骊山八十余里。”

【译文】

贾家的富贵名不虚传，白玉砌就的厅堂、黄金铸成的骏马。阿房宫方圆三百里，也住不下金陵的一个史家。东海龙宫缺少白玉做成的坐床，龙王得请金陵王家来帮忙。豪富无比的薛家把珍珠视如泥土，黄金当成铁。

【赏析】

所谓的“护官符”，就是保住乌纱帽、谋求进一步发迹的诀窍和秘密。此四句俗谚口碑表面上以高度夸张的言词，极言四大家族的富有，实则是向读者展示四大家族的权势无与伦比。曹雪芹原著的每一句下边都有一行小注，是对四大家族始祖官爵并房次的简单说明，也是对四大家族在政治上和经济上显赫地位的进一步落实。可惜被后来的一些抄本删除了，但是读者应当认识到这正是四大家族在政治上“扶持遮饰，皆有照应”的资本。当然，极度的繁华必将伴随着极度的悲凉，穷奢极欲的生活已经走到了尽头。戚序本在该回目中的批语说：“此等人家，岂必欺霸方始成名耶？总因弟子不肖，招接匪人，一朝生事，则百计营求，父为子隐，群小迎合，虽暂时不罹祸网，而从此放胆。必破家灭族不已。哀哉！”这种深刻的历史教训，同样值得现在的人们借鉴。也有的红学家认为：“贾史王薛”谐音“假史枉雪”，是作者以小说“假史”来为曹家被抄没的史实来洗雪冤枉，可以作为一家之言，供读者参考。

宁府上房对联〔1〕

世事洞明皆学问，人情练达即文章〔2〕。

【注释】

〔1〕出于第五回宝玉在宁府上房内所见。

〔2〕洞明：清楚明白。练达：干练通达。

【译文】

明白社会上种种事态都是学问，精通世间的人情世故就是文章。

【赏析】

这幅对联立意极俗，用在宁府上房却极恰当。它劝导人们去熟悉迎合社会上的种种事态，教育子弟洞察人情世故，以便应酬好上下左右的关系。从而达到仕途畅通、建功立业的目的。看了对联之后，再看一下宁府内贾珍、贾蓉之流的所作所为，就可以窥见这些封建纨绔子弟的丑恶嘴脸。试问何为“世事洞明”？又何为“人情练达”？原来不过是封建伪君子人前一套，人后一套，虚与委蛇，为了达到个人目的不择手段的遮羞布而已。这里的“世事”和“人情”和后面史湘云讲的“仕途经济（经国济世）的学问”有相通的地方却又不尽相同。试想贾宝玉是封建统治阶级内部的叛逆者，最讨厌那一套“修身齐家治国平天下”的理论。所以一看到这幅对联就忙说：“快出去，快出去！”断断不肯在宁府的上房里休息。

秦可卿卧室对联〔1〕

嫩寒锁梦因春冷，芳气袭人是酒香〔2〕。

【注释】

〔1〕秦可卿卧室内《海棠春睡图》旁的对联，作者托名北宋词人秦观所作，实际上并非秦观手笔。

〔2〕嫩寒：轻寒，微寒。锁梦：不成梦，睡不着觉。唐齐己《城中示友人》诗："重城不锁梦，每夜自归山。"春冷：青春孤单寂寞。

【译文】

初春时节天气微寒，孤单寂寞难以入眠成梦；扑面而来的香气，是美人呼出的酒香。

【赏析】

这一回中对秦氏卧房的描写全都假托历史上的香艳故事。这幅对联假托宋学士秦观（字太虚）之名，实为曹雪芹模仿之作，但是其文采语调，俨然秦观口吻。加上秦观同秦可卿同姓，太虚又暗合"太虚幻境"之名，曹雪芹之匠心独运可见一斑。对联暗示出这种美轮美奂、极尽香艳的环境的虚幻，旨在通过秦氏的荒淫映射宁府众人的堕落，抑或暗示她对宝玉的性诱惑。或说秦可卿表字兼美，是兼取宝钗和黛玉二人之长，而去二人之短。又或说对联中间的《海棠春睡图》象征在后四十回佚稿中有史湘云继黛玉、宝钗之后同宝玉结为连理者，尚有待进一步考证。

【月曼清游图】绢本 局部 ［清］陈枚 故宫博物院藏 59－1

【月曼清游图】绢本 局部 [清] 陈枚 故宫博物院藏 59-1

警幻仙姑歌[1]

春梦随云散，飞花逐水流[2]。

寄言众儿女，何必觅闲愁[3]。

【注释】

〔1〕第五回贾宝玉乍入幻境，听见山后有女子唱这首歌。

〔2〕“春梦”句：比喻欢乐短暂，青春易逝。

〔3〕闲愁：无谓的烦恼。

【译文】

春天的梦境像浮云一样容易消散，缤纷的落花随波逐流渐渐远去。奉劝那些痴情的青年男女们，何必自寻那些无谓的烦恼？

【赏析】

这是宝玉来到太虚幻境听到警幻仙姑唱的第一首歌，歌词以春梦和飞花讽喻现实生活中的明争暗斗和世事无常、青春易逝。同时也警示了大观园中众女子的美好生活转瞬即逝，一切美好幻想都将像飞花一样逐水漂流，不知所终。脂砚斋在“何必觅闲愁”一句下批曰：“将通部人一喝。”可见“闲愁”不闲，其中不仅有封建礼教对青年男女的束缚和毒害，也有封建统治阶级腐朽生活所带来的恶果。这句诗既可以看作是对全书人物的感慨，也可以看作是曹雪芹对整个人生的感慨。

金陵十二钗图册判词·晴雯〔1〕

霁月难逢，彩云易散〔2〕。心比天高，身为下贱。风流灵巧招人怨。寿夭多因诽谤生，多情公子空牵念。

【注释】

〔1〕以下十四首为第五回金陵十二钗图册判词。

〔2〕霁（jì）：雨后新晴。

【译文】

雨后新晴的明月难得一见，美丽的云彩也容易飘散。尽管心志比天还要高远，可惜身处的地位十分卑贱。因为美貌动人心灵手巧招人怨恨。青春夭亡全因遭人诬陷，只留给多情公子无尽的思念。

【赏析】

晴雯是大观园内最具有反抗精神和鲜明个性的丫环，曹雪芹对她是抱有深挚的赞美和同情之心的，这从曹雪芹把她安排在金陵十二钗图册的首位就可以看出来。“霁月难逢，彩云易散”既点明了她的

名字，又赞扬了她如同光风霁月般磊落的高洁品质（这可以同袭人等做一比较）。她因为自幼父母双亡、兄嫂不淑而沦落为

奴。尽管她容貌美丽、心灵手巧，却又性格刚烈、疾恶如仇，没有丝毫奴颜和媚骨，不肯自轻自贱，因此遭到主子王夫人、恶奴王善保家的等人嫉恨。纵然她不顾自身染病，彻夜不眠地为宝玉织补雀金裘，犹不免在病体支离的情况下被赶出大观园，年仅十七岁便凄惨地死去。晴雯这一艺术形象历来为红学家所赞扬和推崇，就连近代国学大师吴宓也曾经以晴雯自比，可见曹雪芹对这一人物形象的塑造是非常成功的。

金陵十二钗图册判词·袭人

枉自温柔和顺，空云似桂如兰〔1〕。
堪羡优伶有福，可叹公子无缘〔2〕。

【注释】

〔1〕枉自：白白的。

〔2〕优伶：旧时对戏剧艺人的称谓。这里指蒋玉菡。公子：指贾宝玉。

【译文】

白白地温柔和顺了一场，徒然生就堪与兰花和桂花媲美的品貌。真可羡慕那唱戏的戏子如此有福，谁料想富贵的公子却和她没有缘分。

【赏析】

这首判词是说袭人的，同时在画面上还有一簇鲜花，一床破席。鲜花象征美丽，破席象征卑贱，所以袭人是一个充满矛盾的人物。她出身贫苦，从本质上来讲是善良的，但是她又在备受压迫的环境下养成了一种逆来顺受、随分从时的圆滑性格。所以具有独特的善良和狡猾之处。从传统的观点来看，她还比较合乎封建妇道标准和礼法对奴婢的要求（袭人和宝玉初试云雨情另当别论，这里既有贾母等人的纵容和默许，也有她的狡猾）。至于许多红学家认为曹雪芹是把袭人当作反面人物来写的，笔者不敢苟同，笔者认为这并不符合曹雪芹的观点。我们应该看到曹雪芹对受封建礼法制度毒害较深的几个女性如宝钗、袭人是抱有极大同情心的，因此脂砚斋才会在甲戌本回前总批中有“忽念及当日所有之女子……”等语和书中警幻仙姑“千红一窟（哭）、万艳同杯（悲）”之说。

金陵十二钗图册判词·香菱

根并荷花一茎香，平生遭际实堪伤[1]。
自从两地生孤木，致使香魂返故乡。

【注释】

〔1〕遭际：遭遇。堪伤：令人悲伤。

【译文】

菱花和荷花的根连在一起同样芬芳，平生的遭遇确实令人悲伤。自从夏金桂来到薛家，致使香菱备受折磨含恨死去。

【赏析】

这首判词是说香菱的。“根并荷花一茎香”暗含香菱之名，“自从两地生孤木”暗含夏金桂之名。香菱原本是甄士隐在元宵节观灯时丢失的女儿甄英莲。当日贾雨村曾经对英莲的母亲封氏许诺寻找英莲，却在判断葫芦案中将前言尽弃。明知香菱被薛蟠抢去不会有好结果，仍然为了个人的前程徇私枉法，胡乱判案。从“致使香魂返故乡”一句中可以看出曹雪芹原著里香菱最终必然被夏金桂迫害致死，一生遭遇极为不幸。续作者竟然在一百零三回中让夏金桂先香菱而死，又让薛蟠把香菱扶作正室，实在是没有理解曹雪芹的本意。曹雪芹的原意在于通过香菱一生的悲惨遭遇，来揭露和控诉封建宗法制度和人口买卖制度摧残妇女的巨大罪恶。也有一种纯洁的莲藕枉然生在淖泥中无法自拔的感慨。

金陵十二钗图册判词·宝钗和黛玉

可叹停机德，堪怜咏絮才〔1〕！
玉带林中挂，金簪雪里埋。

【注释】

〔1〕停机德：典出《后汉书·列女传》故事。乐羊子远出求学，未成而回家，他的妻子割断织机上的绢，规劝他继续求学，不要半途而废。这里是说薛宝钗具有乐羊子妻那样相夫教子的美德。咏絮才：典出《世说新语·言语》故事。有一次天下大雪，谢道韫的叔父谢安对雪吟诗说："白雪纷纷何所似？"谢朗对曰："撒盐空中差可拟。"谢道韫对曰："未若柳絮因风起。"这里是说林黛玉的聪明才华不在谢道韫之下。

【译文】

可叹一个有乐羊子妻一样的贤德，可惜一个有谢道韫那样的才华。这一个好比玉带挂在林中，那一个好似金簪埋入雪中。

【赏析】

曹雪芹对金陵十二钗的描写是先从“又副册”的晴雯和袭人写起，其次写到“副册”的香菱，然后才写到书中最重要的两个女性薛宝钗和林黛玉。宝钗和黛玉，一个博学多识、深沉理智、浑厚稳重，一个冰雪聪明、多愁善感、率直重情。一个时刻恪守妇道准则，一个被叛逆者奉为知己。脂砚斋曾经有“钗黛合一”说：“钗、玉名虽两个，人却一身，此幻笔也。”不能说没有道理。但是我们还应该看到一个人往往不能身兼所有的长处，表字“兼美”的秦可卿青春早夭就是一种典型和暗示。作者让薛、林这两个性格对立的人物同时出现在同一幅图和同一首诗中，达到一种巧妙的统一，在十二钗判词中是绝无仅有的。这不仅是曹雪芹思想中朴素辩证法的体现，也是曹雪芹在人物形象塑造和性格刻画中匠心独运的精到之处。

金陵十二钗图册判词·元春

二十年来辨是非，榴花开处照宫闱[1]。
三春争及初春景，虎兔相逢大梦归[2]。

【注释】

〔1〕辨是非：明察种种世态。宫闱：宫廷里。

〔2〕三春：即晚春，隐指迎春、探春、惜春三人。初春：隐指元春。虎兔相逢：寅卯年交替之时。大梦归：死去。佛家谓人生如梦，视死如归。

【译文】

二十年来明辨各种事态是非，像火红的榴花映照宫闱一样炙手可热。晚春时节如何比得上初春的美好景象，虎兔相交的日子便是梦醒魂归之时。

【赏析】

二十年的宫廷生活让贾元春深刻体会到封建统治集团内部斗争的残酷，也使她预见到贾氏家族必将走向衰落的结局。正是这人生的凄凉遭遇，使元春对人世的荣华富贵有了一个较为深刻的认识，乃至于在省亲时对贾母和王夫人等人说宫廷实际上是“不得见人的去处”。元春贵为皇妃尚且如此，那么不及“初春景”的她的三个妹妹的命运就可想而知了。元春最终成了政治斗争漩涡中的牺牲品，在虎兔年相交的时候惨然辞世，到死都未能逃脱梦醒魂归的结局。同时，元春的死使贾家失去了政治上的靠山，是贾府由盛转衰的一个分水岭。

金陵十二钗图册判词·探春

才自精明志自高，生于末世运偏消[1]。
清明涕送江边望，千里东风一梦遥[2]。

【注释】

〔1〕精明：程乙本误作“清明”，与第三句重复。第五十五回说：“探春精细处不让凤姐。”末世：已经走向衰落的封建大家庭。

〔2〕东风：春风。见第二十二回探春所制灯谜，“莫向东风怨别离”。

【译文】

纵然是精明才干志向高远，怎奈命运不济生在家道中落之时。清明节和亲人在江边洒泪相别，故乡从此只能在梦中遥望。

【赏析】

大观园里众姊妹之中，唯有贾探春志向高远、生性好强、精明干练而又独具胸怀，偏偏却又是赵姨娘庶出。又不幸生在封建社会进一步走向衰落，贾府也不像从前那般风光的时候，使得她满腔抱负得不到实现。好不容易在凤姐染病时有一次处理家政的机会，却在理想和现实存在的巨大矛盾面前碰得头破血流。她尽管呕心沥血，费尽心机，最终仍然落了一个遭人嫌弃和埋怨、不得不远嫁天涯的凄凉下场。不过从字里行间也能看出曹雪芹让探春远嫁，实际上是让她跳出贾府这一斗争漩涡，避免了后来遭受更大的痛苦，从这一个角度来看，探春远嫁实际上也不失为塞翁失马，因祸得福。判词不仅高度概括了探春的性格特征，而且对探春生不逢时、有志难遂的胸怀给予了高度的同情。从中不难看出曹雪芹假借贾探春这一艺术形象来抒发自己的抱负惆怅和身世感慨。

金陵十二钗图册判词·史湘云

富贵又何为？襁褓之间父母违〔1〕；
展眼吊斜晖，湘江水逝楚云飞〔2〕。

【注释】

〔1〕违：离别，舍去。

〔2〕斜晖：傍晚的太阳。“湘江”句：点明“湘云”之名。又用巫山神女的典故，暗喻美景不长，时光已逝。

【译文】

生在富贵人家又有什么用，还在幼儿时期就父母双亡。放眼望去已是夕阳西下，但见江水流逝白云纷飞。

【赏析】

出身于名门望族的史湘云因为父母早丧而寄居贾府。正所谓"富贵又何为"？看来荣华富贵是人生中最不可靠的东西，幸亏史湘云是一个胸怀宽广、有着男儿气质的奇女子，能够把这一切都在心内化解。在《红楼梦》一书中，像史湘云这样享有恩爱的婚姻是少见的，但是他们夫妻恩爱却不能久长，美好的生活像东去的江水一样一去不返。诚可悲也！史湘云性格的豪爽开朗在"憨湘云醉眠芍药庵"一回中有着极为细腻的描写。再加上她的心直口快和没有心机，不失为一个让人可爱、可怜的人物形象。最后一句诗嵌有湘云的名字。

金陵十二钗图册判词·妙玉

欲洁何曾洁，云空未必空〔1〕。
可怜金玉质，终陷淖泥中〔2〕。

【注释】

〔1〕洁：清洁，也可以理解为佛教所标榜的净。空：佛教想要人们忘却现实的痛苦，因而宣扬物质世

界虚无的唯心主义观念。

〔2〕淖：泥沼。

【译文】

想要清白却哪里能够清白，说要超脱却未必能够超脱。可惜像金玉一样高贵的品质，到头来仍不免陷于污泥之中。

【赏析】

妙玉是书中的一个特殊人物。首先，曹雪芹把她和宝黛二人并论，是三块玉之一。其次，她生于富贵之家，因为自幼多病父母早亡被迫遁入空门（读者在这里仿佛可以看见黛玉的另一个影子）。书中虽然没有表明她是谁家的孩子，但是钟礼平、陈龙安二人按照毛德彪《红楼梦四大家族关系表》绘制的《红楼梦人物关系表》中，把妙玉列为薛家后裔，同薛蝌并列，不知道有什么依据。无论她是否是薛家的后裔，能够长期寄居贾府，受到贾母等人的垂青已足以说明她的特殊身份。第三，特殊的人生经历使她变得孤傲、洁癖。虽然身在空门，一腔儿女情怀却并没有完全泯灭，在宝玉过寿时还不忘送一张帖子，后来坐禅时又由于情思的干扰而入魔。最后，她因为不愿向权贵们阿谀奉承，成为不合时宜、为权势所不容的人物。就是这样一个力图保持清白节操的人，最终仍不免陷身泥淖，被辱身亡，成了污浊的封建社会的牺牲品。

金陵十二钗图册判词·迎春

子系中山狼，得志便猖狂[1]。
金闺花柳质，一载赴黄粱[2]。

【注释】

〔1〕中山狼：典出明马中锡《中山狼传》。赵简子中山打猎，一只狼在将被杀死时被东郭先生所救，危险过去后，它反而想吃掉东郭先生。后来人们经常用中山狼来比喻恩将仇报的人。书中暗指迎春的丈夫孙绍祖。

〔2〕花柳质：比喻迎春的身体像鲜花弱柳一样娇弱。黄粱：典出唐传奇《枕中记》故事。卢生睡在一个神奇的枕上，梦见自己荣华富贵一生，年过八十而死。醒来时锅里的黄粱米饭还没有熟。喻阴间，即死去。

【译文】

你的夫婿本是中山狼一样忘恩负义的人，一朝小人得志便张狂无比。可惜像鲜花新柳一样娇弱的女子，出嫁一年便被折磨而死。

【赏析】

贾迎春是封建包办婚姻的牺牲品。她的不幸的婚姻遭遇实际上是四大家族社会关系崩溃的折射。

从这里也可以看出，建立在权势和富贵基础上的社会关系是不牢靠的。而这种不幸婚姻恰恰落在生性懦弱、优柔寡断的迎春身上。试想，她这种明知乳母王柱儿家的偷了累金丝凤去赌博，丫环司棋同表兄私情之事而束手无策的人，又如何经受得住孙绍祖的折磨？遇到事情只能逆来顺受，到头来含恨而死。首句“子系”二字，巧用拆字法，隐“孙”字，粗看不易发觉，正是作者含蓄表达的妙处。“中山狼”的典故见于明代马中锡的《中山狼传》，据此推测，曹雪芹原稿中或许还有贾府被抄没时孙绍祖落井下石、恩将仇报的情节，可惜在续书中没有反映。“黄粱”以梦境喻人生，有梦醒即死亡的意思。

金陵十二钗图册判词·惜春

堪破三春景不长，缁衣顿改昔年妆[1]。
可怜绣户侯门女，独卧青灯古佛旁。

【注释】

〔1〕缁衣：黑色的衣服，指僧尼穿的衣服，所以出家也叫披缁。

【译文】

看破了三春的盛景不会久长，黑色的僧衣改变了往日的女儿妆。可惜公侯贵族的女儿，孤独地身卧在那青灯和古佛的旁边。

【赏析】

惜春从三个姐姐的不幸遭遇中预感到自己前程的可怕，因此决心出家为尼，以遁入空门来逃避现实。且不说这种选择的可悲可笑，就说它是封建贵族身处末世所选择的一种生活道路吧！也预示着书中女儿们的又一种不同于元春入宫到那“不得见人的去处”、迎春嫁到孙家被折磨致死、探春远嫁他乡的悲剧。然而出家的结果会怎么样呢？惜春的结局大概不会比妙玉的遭遇好多少吧！在这里，惜春的遭遇和选择具有深刻的典型意义。曹雪芹在这首判词中，对惜春给予了满腔的同情和惋惜。

金陵十二钗图册判词·王熙凤

凡鸟偏从末世来，都知爱慕此生才〔1〕。
一从二令三人木，哭向金陵事更哀〔2〕。

【注释】

〔1〕凡鸟：合起来是繁体“凤”字，既点明王熙凤之名，又说她才能杰出。

〔2〕“一从”句：吴恩裕《有关曹雪芹十种·考稗小记》：“凤姐对贾琏最初是言听计‘从’，继则对贾琏可以发号施‘令’，最后事败终不免于‘休’之，故曰‘哭向金陵事更哀’。”这种说法比较可信。

【译文】

凤凰偏偏生在了衰亡的时代，大家都羡慕她的足智多才。谁料她“一从二令”之后反被休弃，哭返金陵时恐怕更加悲哀。

【赏析】

《红楼梦》一书中，曹雪芹对王熙凤所用的笔墨几乎不让宝黛二人，他对王凤姐的刻画可以说是空前绝后，惟妙惟肖。凤姐既是一个工于心计、八面玲珑的管家，又是一个风流善妒、贪残狠毒的人物。和判词同时出现的还有一座冰山，用唐代张象评论杨国忠的典故，隐喻不可长久依靠的权势。“凡鸟”既用拆字法点出王凤姐之名，又有庸才之喻。“一从二令三人木”一句，一般认为概括了凤姐一生的三个阶段，即凤姐最初对贾琏言听计“从”；继则对贾琏可以发号施“令”；最终落得被贾琏所“休”的下场。但是高鹗的续书中并没有凤姐被休的情节，可见如果不是这种说法有所穿凿，便是高鹗的续书有悖于曹雪芹原意。尽管曹雪芹对凤姐的贪婪妒嫉行为是批判和鞭挞的，但是对于凤姐出众的才能，仍是比较赏识的，大有一种“人皆欲杀、我独怜才”的意味。

金陵十二钗图册判词·巧姐

势败休云贵，家亡莫论亲[1]。
偶因济刘氏，巧得遇恩人[2]。

【注释】

〔1〕势：权势。

〔2〕济：救助，接济。

【译文】

权势衰败时不要再说当年如何高贵，家道沦亡时更不要攀亲附友。只因为偶然间接济了刘家老妇一回，到后来才碰巧遇到救命恩人。

【赏析】

贾府败落之后，巧姐被她的舅父王仁（谐音“忘仁”）拐卖，沦落烟花，幸亏遇刘姥姥搭救得脱水火。虽然不能够锦衣玉食，却也做到了自食其力。作者意图通过巧姐的遭遇揭露封建社会人与人之间骨肉相残的关系。同时也包含着因果报应的迷信思想，言下之意是刘姥姥搭救巧姐是为了报答凤姐周济之恩。也有一种劝人为善的意思在里边。“势败休云贵，家亡莫论亲”两句话言简意邃，包含着曹雪芹在世态炎凉的现实生活中的真切感受。脂砚斋批曰：“非经历过者，此二句则云纸上谈兵，过来人那得不哭！”真的评也。

金陵十二钗图册判词·李纨

桃李春风结子完，到头谁似一盆兰；
如冰水好空相妒，枉与他人作笑谈[1]。

【注释】

〔1〕枉：白白的。

【译文】

桃李在春风中开花结籽然后凋残，到头来谁又能比得上这盆兰草荣耀。冰清玉洁的品性并无值得嫉妒的地方，只是白白的作了人家饭后的笑谈。

【赏析】

这首判词第一句隐含李纨之名，第二句隐含贾兰之名，三四句描写李纨的品质并点明她操劳一生只落得一个花封诰命的可悲命运。李纨出身书香门第，严格恪守“三从四德”的封建妇道准则。在丈夫贾珠夭折之后，心如“槁木死灰”，一心抚养儿子贾兰，不做它想，即使被推为海棠诗社社长，也只有几句平淡无奇的诗句。她的生命如同桃李结了果实，春景也就逝去了。按理说李纨应该是封建社会贞节女性的典范，但是曹雪芹却批判说她“枉与他人作笑谈”。可见曹雪芹对封建道德中所谓的贞节是持反对态度的。

金陵十二钗图册判词·秦可卿

情天情海幻情深，情既相逢必主淫〔1〕。
漫言不肖皆荣出，造衅开端实在宁〔2〕。

【注释】

〔1〕情天情海：是说爱情像天一样高，像海一样深，却不能够长久。淫：淫乱，放纵，不正当的关系。

〔2〕不肖：不成器的子孙，这里尤指品行不端。造衅：做坏事。

【译义】

虚幻的风月之情像天一样高，像海一样深，滥情的人相遇必然导致淫乱的行为。不要说不争气的子孙都出自荣国府，最初造成祸端的却是那宁国府的人。

【赏析】

曹雪芹原稿中曾有“秦可卿淫丧天香楼”一节，

后来曹雪芹听了畸笏叟的劝告，出于维护封建家族利益的立场（或者是为了避讳也未可知），为秦氏隐恶，删改了这一部分。判词中秦可卿的死法才应该是秦可卿真正的死法。后世所传各种版本都不是曹雪芹原著的本来面目。秦可卿原本是一个美貌善良、办事周全的女子，但是贾府里贾珍之流的衣冠禽兽把玩弄女性作为生命的消遣，致使被玩弄的弱者陷入痛苦的深渊无法解脱，最终不得不在天香楼自缢身亡。这首判词通过对秦可卿凄惨遭遇的披剖，揭露出宁国府的主子是制造秦氏悲剧的罪魁祸首。对贾珍之流的封建寄生虫进行了无情的鞭挞。

红楼梦引子

开辟鸿蒙，谁为情种〔1〕？都只为风月情浓。趁着这奈何天，伤怀日，寂寥时，试遣愚衷〔2〕，因此上，演出这怀金悼玉的《红楼梦》〔3〕。

【注释】

〔1〕鸿蒙：古人想象中开天辟地以前宇宙的混沌状态。情种：感情丰富的人。

〔2〕遣：排遣。衷：情怀。

〔3〕怀金悼玉：金，代宝钗；玉，代黛玉。意思是怀念生者、哀悼逝者。程高本作“悲金悼玉”。

【译文】

自从盘古开天辟地以来，究竟谁才是真正的情种？都只是为了浓郁的男女之情。趁着这无可奈何、满怀悲伤的日子，寂寞孤单的时候，试着排遣难解的情怀。正因这个，才演出这怀念哀悼心中女子的《红楼梦》。

【赏析】

引子既是唱曲开始的部分，也往往是全曲的主要线索和宗旨。这段引子既是下面十二支曲子的总括，又交代了全书的缘起。《红楼梦》十二曲演的是书中十二个主要人物的身世，较之判词更进一步揭示了人物的命运和性格特点。曹雪芹刚一着笔，便发出一声饱含血泪的反问——“谁为情种？”既可以看作是究问读者，更可以看作是作者的锥心自问。紧接着自问自答，对演出红楼梦曲的缘由加以阐述。读者若无切身的体验，恐怕极难感同身受地理解这部为情作传、情贯始终的煌煌巨著。

终　身　误

都道是金玉良缘，俺只念木石前盟[1]。空对着山中高士晶莹雪，终不忘世外仙姝寂寞林[2]。叹人间美中不足今方信，纵然是齐眉举案，到底意难平[3]。

【注释】

〔1〕金玉：语意双关，既有贵重的意思，同时指代宝钗和宝玉。木石：语意双关，和“金玉”相对，指代黛玉和宝玉。

〔2〕高士：文雅有涵养的人，讽喻宝钗。仙姝：仙女，指“绛珠仙草”的化身黛玉。

〔3〕齐眉举案：举案齐眉。典出《后汉书·梁鸿传》。汉代梁鸿的妻子孟光每次请梁鸿吃饭时，都把盘子举到齐眉高的地方，非常恭敬的送给他。后来常用这个故事比喻夫妻相敬如宾。

【译文】

说金锁和宝玉相配才是美好的姻缘，我只念念不忘“木”和“石”的前世之盟。每天面对人们都认为是端庄稳重的薛宝钗，却始终忘不了仙女一样聪明寂寞的林黛玉。可叹啊，我今天才相信人世间美好的事情总有不足。纵然宝钗像汉代的孟光一样贤惠，也不能消除我对林妹妹的一片深情。

【赏析】

曹雪芹把《终身误》放在十二首曲子的第一位，表明了宝玉对于宝钗和黛玉两人截然不同的感情和心意，抒发了宝玉对于误他终身的“金玉良缘”的愤恨。曲子以宝玉的口吻写就，说明宝玉婚后尽管终日面对的是宝钗，心中仍然念念不忘死去的林黛玉。同时又表达了对薛宝钗在得到了婚姻的同时，也葬送了自己的青春和终身幸福的深深同情。“晶莹雪”看似形容宝钗的高洁，实际上是说宝钗内心的冰冷无情。在没有心灵共鸣的情况下，纵然宝钗恪守封建妇德，和宝玉相敬如宾，也抚慰不平宝玉内心深处的伤口。

枉凝眉

一个是阆苑仙葩，一个是美玉无瑕[1]。若说没奇缘，今生偏又遇着他；若说有奇缘，如何心事终虚化？一个枉自嗟呀，一

个空劳牵挂；一个是水中月，一个是镜中花。想眼中能有多少泪珠儿？怎经得秋流到冬尽，春流到夏。

【注释】

〔1〕阆（làng）苑：神仙居住的地方。仙葩（pā）：以花比喻美貌的仙女。指黛玉。瑕：玉上的斑点。无瑕就是没有缺陷。

【译文】

一个是仙境里生长的美丽花朵，一个是没有缺点的纯洁美玉。如果说没有神奇的姻缘，为什么这辈子偏偏和他相遇；如果说是神奇的姻缘，又为什么满腔的爱情最终成了空话？一个白白地独自叹气，一个白白地魂牵梦挂。一个是月亮映在水中的影子，一个是镜子中照出的鲜花。想一想，她的眼中究竟有多少泪水呀，怎么禁得起从秋天流到冬天，又从春天流到夏天。

【赏析】

这首曲子题为《枉凝眉》，那么必然和颦儿（黛玉）有关。俗话说："百年修得同船渡，千年修得共枕眠。"宝玉和黛玉两小无猜，两情相悦，按理说两人的婚姻是水到渠成的事情。不料斜插进来一位端庄大方，又有涵养又能干的薛宝钗，贾母和王夫人等的感情天平便发生了倾斜（读者不要忘了，宝钗还是王夫人的内侄女）。按说凤姐开始是倾向于宝黛成婚的，所以才会有“吃茶”的笑谈。但是凤姐不会因为支持宝黛的爱情和贾府的最高当权者贾母意见相左，所以才有了后来一干人等串通起来，欺骗宝玉和宝钗完婚的事情。再说宝黛两人的叛逆性格也决定了他们的爱情最终不能为以贾母和王夫人为代表的世俗人等所容许。所以他们的这一场爱情故事只能像水中之月、镜中之花一样没有结果。宝黛爱情的悲剧从另一方面也反映了在封建宗法社会中，要想违背封建秩序，去寻找一种建立在共同理想和志趣基础上的自由爱情是极不可能的。曲子的最后一句告诉读者，黛玉遭受了婚姻的打击后，在春天过去、夏天到来的时候流干了泪水，伴随落花含恨死去。

恨 无 常

喜荣华正好，恨无常又到〔1〕。眼睁睁把万事全抛，荡悠悠把芳魂消耗。望家乡路远山高。故向爹娘梦里相寻告：儿命已入黄泉，天伦呵，须要退步抽身早〔2〕！

【注释】

〔1〕无常：佛教认为人世间的一切事物不能久住，都处于生灭成败之中，故称为无常。这里是对死亡的委婉说法。

〔2〕天伦：封建时代对父子、兄弟等天然亲属关系的代称。这里是贾元春对他父亲贾政的称呼。

【译文】

正在为荣华富贵的生活高兴不已，转眼间来到的死神让人多么遗憾。眼睁睁把世间的一切全都抛掉，荡悠悠把年轻的魂灵消耗。遥望一眼远方的故乡，阴阳阻隔路远山高。特意在梦里把爹娘劝告：孩儿已经命归黄泉，爹娘啊，一定要早点儿挣脱名缰利锁呀！

【赏析】

无常本是传说中勾人魂魄的恶鬼，又是对死亡的一种委婉说法。曲名《恨无常》，既含有荣辱无定的意味，也暗示着贾元春不得善终的结局。按说贾元春贵为皇妃，简直可以说是“一人之下，万人之上”。因为元春的缘故，皇帝就成了贾家最大的靠山。但是生死规律却不分富贵贫贱，一旦无常降临在你的头上，人生贪恋的一切都得抛弃。所以等到贾元春在宫廷斗争中失败猝死，贾家的富贵和权势急转直下。贾元春也只有临死时才真正明白一切的宠幸和恩爱都是靠不住的，因此尚在梦里劝告父母趁早从争名夺利的环境中抽身出来，免得将来悔之不及。脂砚斋在“须要退步抽身早”一句旁批曰“悲险之至”，可见伴君如伴虎，元春生前也必然是处境险恶，如履薄冰。

分 骨 肉

一帆风雨路三千，把骨肉家园齐来抛闪[1]。恐哭损残年，告爹娘：休把儿悬念。自古穷通皆有定，离合岂无缘[2]！从今分两地，各自保平安。奴去也，莫牵连。

【注释】

〔1〕抛闪：丢开。

〔2〕穷通：落魄和得志。李白诗：“男儿穷通当有时，曲腰向君君不知。”这句话的意思是人的落魄潦倒和得意显达都是命中注定的。

【译文】

乘一片孤帆迎风冒雨远嫁他乡，把骨肉之情和生养抚育的家园全都丢下。因为担心离别的哀伤哭坏了年迈的双亲，所以对爹娘说：再不要（像从前一样）把孩儿我牵挂惦念。自古以来，富贵显达和穷困潦倒都是上天注定，离别和团聚难道不也是这样吗？从今往后我们分隔在两地，请大家各自保佑平安。我走了，再不要牵挂留恋。

【赏析】

曲名《分骨肉》，即骨肉分离之意。如果说《恨无常》哀悼的是死别之苦，那么《分骨肉》便是哀悼生离之苦。探春是大观园内较为特殊的一个，从地位上说，是庶出，似乎低人一等。从才干上说，杀伐决断不让须眉。最后由于家世的衰落不得已而远嫁他乡，尽管她未能逃脱“把骨肉家园齐抛闪”的悲剧，但是这种结局在诸姐妹中恐怕还要算比较好的。由于她早已经从自己的观察和判断中嗅出了不祥的气息，所以她对这种结局并不显得特别沉痛。临行时，一再叮咛家人各自保重，由此可见她为人的心胸何等开阔。而作者对探春的深沉惋惜之情，也充溢在整个曲子的字里行间。

乐中悲

襁褓中，父母叹双亡[1]。纵居那绮罗丛，谁知娇养[2]？幸生来，英豪阔大宽宏量，从未将儿女私情略萦心上[3]。好一似，霁月光风耀玉堂，厮配得才貌仙郎，博得

个地久天长，准折得幼儿时坎坷形状[4]。终久是云散高唐，水涸湘江[5]。这是尘寰中消长数应当，何必枉悲伤！

【注释】

〔1〕襁褓（qiǎng bǎo）：包裹婴儿的布兜。

〔2〕绮罗丛：指代富贵人家。

〔3〕萦：攀绕，回旋。

〔4〕霁月光风：雨过天晴的美好景色，比喻人的胸怀坦率豁达。

〔5〕高唐：典出宋玉《高唐赋》。楚怀王在高唐梦见和巫山神女相会。神女别时说："妾在巫山之阳，高丘之阴，旦为朝云，暮为行雨，朝朝暮暮，阳台之下。"后来人们附会故事，把男女之事称作巫山云雨。

【译文】

可叹她还是婴儿时父母便双双亡故。纵然是生活在富贵人家，又有谁来爱护娇养？幸亏她生来性格豪爽开朗而又宽宏大量，从来就没有把儿女私情牵挂在心上。（她的心胸）好像那明月清风照耀在白玉之堂。好容易才配得个才貌双全的好郎君，盼望着夫妻和美、白头偕老，一定能够弥补年幼时的不幸和凄凉。然而最终好景不长，夫妻离散，像是干涸了的湘江一样。这原是人世间兴衰命运早已决定，又何必白白地痛苦悲伤？

【赏析】

史湘云自幼父母双亡，既缺乏父亲的教育，更没有母亲的疼爱。所以她既不像宝钗那样温良恭让和恪守所谓的妇德，也不像林黛玉那样多愁善感。她胸怀坦荡、性格直爽、心直口快、不拘小节。所有这些都在她的言语中表现得淋漓尽致："你知道什么！是真名士自风流。你们都是假清高，最可厌的。我们这会子腥膻大吃大嚼，回来却是锦心绣口！"一句话骂尽天下假道学的清高面孔。应该说史湘云是一个不断奋斗的乐观主义者，她也曾经劝说宝玉学一些经国济世的道理，也是她自己内心世界观和人生观的反映。她作的诗词更是别有一番风味，才思敏捷亦不让薛、林二人，实在叫人赞叹不已！但是就是这样一个乐观的奋斗者，也难免最后"云散高唐，水涸湘江"，没有能阻挡住爱情的夭折。史湘云的遭遇给人的是一种颇为悲壮的感觉。

世 难 容

气质美如兰，才华复比仙[1]。天生成孤癖人皆罕[2]。你道是啖肉食腥膻，视绮

罗俗厌[3]。却不知太高人愈妒，过洁世同嫌[4]。可叹这，青灯古殿人将老；辜负了，红粉朱楼春色阑。到头来，依旧是风尘肮脏违心愿[5]。好一似，无瑕白玉遭泥陷；又何须，王孙公子叹无缘。

【注释】

〔1〕复：程高本作“馥”，似为误抄。

〔2〕罕：诧异，惊奇。

〔3〕啖：吃。

〔4〕嫌：讨厌。

〔5〕风尘：指污浊、纷扰的生活。

【译文】

资质像兰花一样美好，才华也能够和神仙相媲美。天生的孤僻性格让人们感到奇怪。你说是吃肉不避腥膻，看得那穿绫罗之人庸俗讨厌；却不知道过分地追求高雅会被世人嫉妒，过分地追求干净会被世人讨厌。可叹呀！陪伴着青灯古殿的人儿就要老去，可惜呀，美好的青春年华也要走到尽头！到头来，依旧是违背心愿挣扎于尘世。就像是纯洁无瑕的白玉陷入泥潭；又何必叫王孙公子慨叹无缘！

【赏析】

妙玉自称“槛外人”，是寄居大观园的出家人。她有着一个隐讳又非同一般的家世，作者对妙玉的描写处处用的是一种半明半暗的笔调。譬如她过分的清高和爱好清洁，又譬如她的可以和神仙相媲美的才华，等等不一而足。但是她却不得不依附权门，享受贾府的供养。尽管她食斋礼佛，似乎超凡脱俗，实际上她并没有置身于贾府的各种现实关系之外，甚至连宝玉生日也不忘派人送来祝寿的帖子，可见她的一切高洁不无矫情的味道。第八十七回有妙玉坐禅走火入魔的情节，可见她虽然人在孤寂的佛门消磨着青春，而心底却不时响起人性的呼唤。即便如此，她仍然不免沦落风尘之中。

喜 冤 家

中山狼，无情兽，全不念当日根由〔1〕。一味的骄奢淫荡贪欢媾〔2〕。觑着那，侯门艳质如蒲柳；作践的，公府千金似下流〔3〕。叹芳魂艳魄，一载荡悠悠。

【注释】

〔1〕中山狼：代指迎春的丈夫孙绍祖，参见前面

【月曼清游图】绢本 局部 ［清］ 陈枚 故宫博物院藏 59－2

【月曼清游图】绢本 局部 [清] 陈枚 故宫博物院藏 59-2

“子系中山狼”条。

〔2〕贪欢媾（gòu）：过分追求性欲的满足。

〔3〕蒲柳：蒲草和柳树，这两种植物落叶较早，用来比喻人早衰。下流：地位低微。汉王充《论衡·逢遇》：“或才高洁行，不遇退在下流。”

【译文】

这真是中山狼一样无情无义、恩将仇报的禽兽，完全不念起当日如何发迹的根由。一味的骄横淫逸贪图女色。把那侯门生长的娇贵小姐看作蒲柳一样；把那国公府中的小姐作践得像丫头一样。可叹这样一位青春少女，才结婚不到一年就魄散魂消。

【赏析】

同探春一样庶出的贾迎春，却是一个性格与探春完全相反，极其懦弱、逆来顺受的弱女子。她却偏偏嫁给了贪图女色、骄横淫逸的恶棍孙绍祖，随着贾府的衰败而成了债务的抵押品。曲名“喜冤家”，意思是本来应该喜庆的婚嫁招来的却是冤家对头，正应了民间“不是冤家不聚头”的老话。可怜她结婚不到一年，便被毫无人性的孙绍祖虐待折磨而死。迎春的死，是曹雪芹对封建贵族丑陋灵魂和残忍手段的鞭挞，也是对封建包办婚姻所造成罪孽的强烈控诉和批判。

虚 花 悟

将那三春看破，桃红柳绿待如何[1]？把这韶华打灭，觅那清淡天和[2]。说什么，天上夭桃盛，云中杏蕊多，到头来谁把秋捱过[3]？则看那，白杨村里人呜咽，青枫林下鬼吟哦[4]。更兼着，连天衰草遮坟墓。这的是，昨贫今富人劳碌，春荣秋谢花折磨。似这般，生关死劫谁能躲[5]？闻说道，西方宝树唤婆娑，上结着长生果[6]。

【注释】

〔1〕三春：指元春、迎春、探春。桃红柳绿：泛指春天美丽的景色，这里指代美好的青春年华。

〔2〕韶华：指人的青春，美好的年华。

〔3〕捱：拖延。

〔4〕白杨村：古人多在墓地种植白杨，所以白杨暗喻墓地之所在。清枫林：与白杨村意思相同。杜甫《梦李白》：“魂来枫林青，魂返关塞黑。”当时杜甫怀疑李白已经死去。

〔5〕生关死劫：佛教把人的生死说成是关口和劫数，所以有在劫难逃的说法。

〔6〕宝树：传说释迦牟尼在菩提树下觉悟成佛，所以有宝树之说。或者说是西天净土上生长的草木。婆娑：娑罗树，常绿大乔木，用来制作龙脑香料。佛教传说释迦牟尼在拘尸那城河边娑罗树下涅槃。其树四方各生两株，故称娑罗林。长生果：传说中吃了可以长生不老的果实。

【译文】

把那三春时节的繁华全都看破，纵然是桃红柳绿又能如何？丢掉这短暂虚幻的青春富贵，追求那冲淡平静的生活。说什么天上的桃树妖娆茂盛，云中的杏花稠密繁多，到头来又有什么花儿把秋天度过？看一看吧，白杨萧萧的坟地有人哭泣，青枫树下的鬼魂低声悲歌。再加上，连天的荒草遮掩着坟墓。真正是，嫌贫爱富驱使人们终日劳累，春开秋凋连花儿也受尽折磨。像这样，生老病死的关头谁又能躲避得过？又听人们说到，在西方极乐世界，有一种娑罗树，上面结着长生果。

【赏析】

这首曲子为惜春而作，却又不是全为惜春而作。贾惜春自幼生活在锦衣玉食的荣国府，亲眼看到了大观园内众姊妹情节各异，实际上一样悲惨的遭遇，耳闻目睹了荣府内的种种丑恶现象，因而产生了悲观绝望的思想。她希望自己能够摆脱这种相互倾轧、

明争暗斗的环境却又无能为力，只好用出家这一形式来表达自己的反抗思想。然而，身披缁衣并不能证明彻底地超凡脱俗。我们似乎能够从字里行间嗅出这样的气味，明天的惜春就是今天的妙玉。读者应该看到，大观园内众女子选择的道路和最后经历的遭遇都具有一定的代表性。元春入宫，追求政治上的出路，结果以暴死而终；迎春逆来顺受，被丈夫折磨而死；探春干脆远嫁他乡，追求一个新的生存环境，逃离了贾府这一块是非之地；惜春最小，看到姐妹们的悲惨却最多，受到的打击也最大，于是她选择了皈依佛门。

聪明累

机关算尽太聪明，反算了卿卿性命〔1〕。生前心已碎，死后性空灵〔2〕。家富人宁，终有个家散人亡各奔腾〔3〕。枉费了，意悬悬半世心；好一似，荡悠悠三更梦。忽喇喇似大厦倾，昏惨惨似灯将尽。呀！一场辛苦忽悲辛。叹人世，终难定！

【注释】

〔1〕机关：心机，阴谋权术。卿卿：对关系亲密的人的称呼，多用于夫妻。这里指王熙凤。

〔2〕空灵：灵敏罄尽，空其所有。

〔3〕奔腾：奔波。

【译文】

一生聪明过人用尽机谋，到最后反而搭进了自己的性命。活着的时候已经操碎了心，死后空落了个聪明的名声。原指望全家富贵人人康宁，到后来家破人亡各自奔波。白费了终日操劳，心悬意怳的半生苦心；就好像是忽悠悠一场大梦初醒，又好比哗啦啦的大厦倾塌，昏惨惨的灯火将灭。哎呀！一场欢喜忽然变为悲痛和辛酸。可叹人世间啊，贫贱富贵、兴盛衰落谁也难以预料！

【赏析】

王熙凤是作者着力刻画的一个典型人物。她生于权势显赫的王家，自幼当男孩抚养，性格中有一种胜过男子的“杀伐决断”。嫁到贾府以后，一方面因为和王夫人的姑侄关系，另一方面因为精明能干、心机过人，很快成为了贾府的头号当权人物。她对贾母和王夫人巧于应对，对下人严酷刻薄，对诸姊妹极力拉拢，对宝玉关爱有加，几乎一度成为贾府一切活动的中心。她既是贾府的顶梁柱，又是贾府最大的蛀虫。她为了贾府虚荣的面子想尽千方百计，巧取豪夺；她为了自己的利益监守自盗，中饱私囊。最后，个人权力的急剧膨胀加速了王熙凤在贾府这个政治舞台上政治生命的终结。实际上，也是以她为首的一群蛀虫蛀倒了大厦，压死了自己。曲名“聪明累”，意思就是说王熙凤“聪明反被聪明误”。脂砚斋（王府本）在最后两句旁评曰：“见得到，是极。过来人睹此，能不放声一哭？”

留　余　庆〔1〕

留余庆，留余庆，忽遇恩人；幸娘亲，幸娘亲，积得阴功。劝人生，济困扶穷〔2〕。休似俺那爱银钱忘骨肉的狠舅奸兄〔3〕！正是乘除加减，上有苍穹〔4〕。

【注释】

〔1〕留余庆：享受生活要留有余地，可以将恩泽被及后代。《易·坤》：“积善之家，必有余庆。积不善之家，必有余殃。”

〔2〕济：救济，接济。扶：支援，帮助。

〔3〕骨肉：血缘至亲。

〔4〕苍穹：苍天。暗喻天理昭彰。

【译文】

积德好啊，积德好，忽然遇见了救命恩人；多亏了我的娘亲啊，多亏了我的娘亲，为后人积下了阴德。奉劝活着的人们啊，一定要接济帮助那些穷途末路的人们。不要像我那贪图钱财、忘记骨肉情份的舅舅和奸险的长兄。善恶报应就像乘除加减一样天理昭彰，分毫不差。

【赏析】

《易经》云“积善人家，必有余庆”，意为先辈多行善事，后代遇到灾祸时必然会遇难呈祥。王熙凤一生爱占高枝，却因为偶然接济了一回刘姥姥，给巧姐的遇救埋下了伏笔。巧姐的名字叫作“巧”，又分明是说这类事情只是偶遇，并非事物发展的一般规律。作者用一种庆幸的笔调反复咏叹“留余庆”，其实是借题发挥，个中意味发人深省。

晚 韶 华

镜里恩情，更那堪梦里功名〔1〕！那美韶华去之何迅！再休提绣帐鸳衾〔2〕。只这戴珠冠，披凤袄，也抵不了无常性命〔3〕。虽说是，人生莫受老来贫，也须要阴骘积

儿孙[4]。气昂昂头戴簪缨，光灿灿胸悬金印，威赫赫爵禄高登——昏惨惨黄泉路近[5]。问古来将相可还存？也只是虚名儿与后人钦敬。

【注释】

〔1〕镜里恩情：夫妻恩爱落空，比喻李纨早寡。梦里功名：贾兰成就功名之时，李纨已经死去，只能在梦中看到了。

〔2〕迅：快速。绣帐鸳衾：青年夫妻的卧具，暗喻夫妻生活。

〔3〕珠冠、凤袄：镶有珍珠的帽子、绣有凤凰花纹的衣服。这里指受到皇帝诰封的妇人的礼服。

〔4〕阴骘（zhì）：阴功，或者阴德。

〔5〕簪缨：古代贵族头上的装饰品。簪是发簪，缨是帽带。金印：金做的印信，古人常常把印信带在身上。爵禄：官爵和俸禄。

【译文】

夫妻恩爱早已落空，富贵功名又好似南柯一梦！青春年华迅速消逝！别再提什么夫妻恩爱。就是头戴珠冠、身披凤袄，也抵挡不了变化无常的命运。虽然常说，人生不要到了老年再遭受贫穷，也一定要积些阴德留给儿孙。纵然是气宇轩昂头戴簪缨，金光灿灿胸佩金印，威风凛凛爵禄高显——还不是转眼间来到黄泉路上。请问从古到今有几个文臣武将今天还在？也不过是留个虚名儿让后来的人钦佩敬慕罢了。

【赏析】

李纨出身官僚家庭，自幼受封建伦理道德的熏陶，把青春丧偶的悲痛深深掩藏在内心深处。表面上安之若素，只知道侍奉公婆和抚养儿子。其实，这种无法宣泄的痛苦才是最让人心碎的。李纨辛苦一生，晚年母以子贵。曲名“晚韶华”，含有“夕阳无限好，只是近黄昏”的意境。但是她注定的悲剧命运是无法改变的，所以词中正说着“气昂昂头戴簪缨，光灿灿胸悬金印，威赫赫爵禄高登”，却突然笔锋一转，说“昏惨惨黄泉路近”。曹雪芹正是通过李纨的命运对封建礼教和禁欲主义进行否定和挞伐。

好事终〔1〕

画梁春尽落香尘〔2〕。擅风情，秉月貌，便是败家的根本。箕裘颓堕皆从敬〔3〕，家事消亡首罪宁。宿孽总因情〔4〕。

【注释】

〔1〕这首曲子唱的是秦可卿。

〔2〕落香尘：说美人（秦可卿）死亡。唐代杜牧《金谷园》诗：“繁华事散逐香尘，流水无情草自春。”

〔3〕风情：风月之情，男女相爱之情。月貌：月亮一样美丽的容貌。箕裘颓堕：指儿孙不能继承祖业。敬：指贾敬。

〔4〕宁：指宁国府。宿孽：祸根，原始的罪恶。

【译文】

春天将尽的时候，美人在画梁之上结束了自己的生命。自恃容貌姣好，喜欢卖弄风情，就是败坏家风的祸根。儿孙不能继承祖业全从贾敬开始，家业衰败零落头一个怪罪宁国府。说到底罪恶的根本都是前世的孽情。

【赏析】

这首吟咏秦可卿的曲子名曰“好事终”，意谓风月情事已经穷尽，着眼点却落在了整个贾氏大家族上。这首曲子把贾府这一“百年望族”衰落和败亡的主要原因归结为贾敬的荒诞不经和他对子孙的放任自流，导致宁府上下乱伦滥交，纲常败坏。秦可卿之死，是在封建世族繁华鼎盛

时暴露出来的一个败亡的征兆。曹雪芹的这种处理，大大加深了秦可卿悲剧故事的历史纵深感，使这首曲子具有了更为深广的社会意义。当然，作者由于时代所限，时不时地会陷入宿命的因果循环论，对于这些思想我们应当注意鉴别。

飞鸟各投林

为官的，家业凋零；富贵的，金银散尽[1]；有恩的，死里逃生；无情的，分明报应；欠命的，命已还；欠泪的，泪已尽[2]。冤冤相报实非轻，分离聚合皆前定。欲知命短问前生，老来富贵也真侥幸[3]。看破的，遁入空门；痴迷的，枉送了性命。好一似食尽鸟投林，落了片白茫茫大地真干净。

【注释】

〔1〕凋零：凋谢，零落。尽：完。

〔2〕报应：佛家认为人们今生的贫富贵贱、福禄灾祸，都和前世的行为有着因果关系，所以称为报应。

〔3〕侥幸：意外地获得成功或者免遭不幸。

【译文】

当官的，家业败亡；富贵的，钱财散完；积德的，死里逃生；作恶的，得到报应；欠下生命的，已经用生命偿还；欠下眼泪的，泪水已经流干。冤冤相报并不是轻易造成的，分离聚合也都是前生注定。想知道自己命短的原因，何不问一问前世的作为。到老来能享受富贵又何尝不是命运侥幸。看破人生的，割断尘缘出了家；痴迷不悟的，白白断送了性命。就好像那吃尽食物的鸟雀全都飞回林子，只剩下一片白茫茫的大地干干净净。

【赏析】

这是红楼梦十二支曲子的收尾，又是《红楼梦》这部煌煌巨著的大要。曲名“飞鸟各投林”，实际上是“树倒猢狲散”的同义语，隐喻贾府家败人亡，各奔东西。这首曲子总写大观园内众多儿女的悲剧命运，从极为广阔的背景上概括描述了贾府上下“墙倒众人推，树倒猢狲散”的败落境况，收尾一句，堪称绝妙。所以王国维评曰：“读《飞鸟各投林》之曲，所谓‘好一似食尽鸟投林，落了片白茫茫大地真干净’者，有欤无欤，吾人且勿问。但立乎今日之人生而观之，彼诚有味乎其言之也。”脂砚斋批云：“收尾愈觉悲惨可畏”“将通部女子一总”。

秦可卿赠言王熙凤[1]

三春去后诸芳尽，各自须寻各自门[2]。

【注释】

〔1〕第十三回秦可卿死后，托梦王熙凤的两句话。

〔2〕三春：暗指元春、迎春、探春三人。

【译文】

春天过去后，众多鲜花都要落尽。各人都得寻找各自的归宿。

【赏析】

秦可卿因为丑事败露而丧命。曹雪芹让经历了以生命为代价的惨痛教训的秦可卿托梦王熙凤，是对王熙凤及一切贪财害命、弄权作恶者的严重警告。脂砚斋在这一回前批曰："此回可卿托梦阿凤，盖作者大有深意存焉。可惜生不逢时，奈何奈何！然必写出自可卿之意也，则又有他意寓焉。"可惜并没有引起王熙凤的重视，她继续谋财弄权，坑人害命。因而贾府在堕落腐化中败亡也就成了谁也无法改变的历史趋势。

第十七回回前诗[1]

豪华虽足羡，离别却难堪。
博得虚名在，谁人识苦甘[2]？

【注释】

〔1〕这首诗见于已卯本、庚辰本第十七、十八回，戚序本第十七回正文开头。应当是作者写的标题诗。

〔2〕博得：取得，赢得。

【译文】

豪华富贵虽然值得世人羡慕，骨肉离别的痛苦却实在让人痛苦。尽管赢得了衣锦荣归的虚名声，可是又有谁知道这其中的伤心之处？

【赏析】

这首诗是写贾元春归省的，诗的语言浅显而蕴意深刻。诗中把贾元春才选“凤藻宫”说成是“虚名”，说其中“甘苦”无人识得，深刻揭露了封建帝王的宫闱实际上是戕害妇女的死牢，说明这种豪华和富贵并不值得人们羡慕。脂砚斋批云：“好诗！全是讽刺。近人谚云：‘又要马儿好，又要马儿不吃草。’真骂尽无厌贪痴之辈。”戚序本虽然没有“诗曰”字样，但是批语仍在，可见这首诗应当是作者写的标题诗。

有凤来仪[1]

宝鼎茶闲烟尚绿，幽窗棋罢指犹凉[2]。

【注释】

〔1〕第十七回大观园题咏。有凤来仪：语出《尚书·益稷》，意思是有凤凰来到这里栖息。古代以龙凤为配偶，所以此题有歌颂元春省亲之意。

〔2〕宝鼎：雅称茶炉。烟：烹茶的蒸气。

【译文】

煮过茶的茶鼎上还有绿色的茶烟缭绕，幽静的窗前刚下完棋的手指仍觉冰凉。

【赏析】

《尚书·益稷》记载：当演奏虞舜时期的韶乐时，由于音乐美妙动听，把凤凰也引来了；又传说凤凰以练实（竹实）为食（见《庄子·外物》）。这里题咏的地方有很多竹子（即后来的潇湘馆），古人又龙凤并称，以凤凰比喻后妃。所以宝玉在这里以凤凰来归比喻元春省亲，非常贴切得体。后来此地归黛玉居住，又有称赞黛玉为“人中之凤”的意味。脂砚斋在这里批曰：“果然，妙在双关暗合。”对联的内容写的是封建贵族的奢侈和清闲，又暗合宝玉后来在诗社的雅号“富贵闲人”，由此可见作者书中无一处闲笔。

题大观园

贾元春

衔山抱水建来精，多少工夫始筑成[1]！
天上人间诸景备，芳园应锡大观名[2]。

【注释】

〔1〕这是贾元春题了前面的对联后，又题写的一首绝句。工夫：工程和劳动力。

〔2〕备：齐备，齐全。锡：同“赐”，给予。

【译文】

衔接青山环绕绿水建筑精巧，不知耗费了多少工程和人力才修建完成！天上人间的种种美景都已经齐全，这么好的园子就叫“大观园”吧。

【赏析】

这首诗运用典型化的写作手法，在平淡中寓深意。既表现了大观园豪华阔绰的气派，体现了元妃身份的雍容典雅和气魄的

宏大，又把书中的现实生活和“太虚幻境”紧密结合起来，从而让大观园成为封建宗法社会的一个缩影。尽管元春自称“不长于题咏”，她的才情于此可见一斑，而前面所表的元春对宝玉“手引口传”，亦当不虚。同时，曹雪芹也用大观园的工程浩大、建成不易暗表自己创作《红楼梦》的艰辛。

旷 性 怡 情

贾迎春

园成景备特精奇，奉命羞题额旷怡[1]。
谁信世间有此境，游来宁不畅神思[2]？

【注释】

〔1〕额：题额。

〔2〕宁不：怎不。

【译文】

大观园建成后景致齐备精巧奇特，我奉命不好意思地题写了“旷性怡情”。谁能相信人世间竟然会有这样美好的地方，到此一游怎能不叫人神情舒畅，心旷神怡？

【赏析】

这首诗是贾迎春题写的。迎春性格怯懦，立志平庸，所以没有豪情壮语，只有对大观园内景色的赞赏和对“旷性怡情”四字的反复诠释。“羞题”二字活画出一个妙龄少女的本色情态。

万象争辉

贾探春

名园筑出势巍巍，奉命何惭学浅微[1]。
精妙一时言不尽，果然万物生光辉[2]。

【注释】

〔1〕巍巍：形容建筑物气势雄伟的样子。何惭：顾不得惭愧。

〔2〕精妙：精微玄妙。

【译文】

大观园修建得气势雄伟，我奉命题咏也顾不得才学浅微。精微玄妙的景色一时难以说尽，（贵妃的临幸）果然让人间万物增辉添彩。

【赏析】

以探春的才情而言，这首“应制诗”实在没有什么新意。因为探春“自忖亦难与薛林争衡，只得勉强随众塞责而已”。这是在没有真情实感的情况下写出来凑热闹的，并不是有感而发，所以不能打动读者也就不难理解了。但是“奉命何惭学浅微”一句仍然隐隐露出一股块垒之气，表现了她满怀自信和精明能干的一面。末句也不忘点出匾额“万象争辉”的要义。

文章造化

贾惜春

山水横拖千里外，楼台高起五云中[1]。
园修日月光辉里，景夺文章造化功[2]。

【注释】

〔1〕横拖：逶迤延伸。五云：五色云彩。

〔2〕文章造化：文章，指彩色和花纹。古代以青赤相间为文、赤白相间为章。义同“文采”。造化，指大自然的创造孕育。

【译文】

青山绿水绵延远至千里以外，楼阁亭台高耸直入五色彩云之中。大观园在浩荡的皇恩里得以修成，美丽的景色真是巧夺天工。

【赏析】

四小姐贾惜春因为擅长绘画，所以用夸张的艺术再现手法，把风景不俗的大观园展示在读者面前。正所谓“诗中有画，画中有诗”是也！这首绝句既高度赞美了大观园内巧夺天工的建筑艺术，又告诉读者：没有日月的光辉和天地的造化，这一切美好的事物都是不可能得到的。诗中所用“五云”“造化”等字眼，似乎和她后来选择出家的道路不无关联。以惜春这样小的年纪，能做出这样的应制诗，也属难得了。

文采风流[1]

李　纨

秀水明山抱复回，风流文采胜蓬莱[2]。
绿裁歌扇迷芳草，红衬湘裙舞落梅[3]。
珠玉自应传盛世，神仙何幸下瑶台[4]！
名园一自邀游赏，未许凡人到此来[5]。

【注释】

〔1〕贾元春题完诗联之后，又命众姊妹各题一匾一额，这是李纨所题。有的版本也作探春所题。

〔2〕秀水明山：互文，意思是风景明秀的山水。蓬莱：传说中东海中的三座神山之一。

〔3〕歌扇：歌舞时所用的扇子。

〔4〕珠玉：比喻谈吐或者诗文高雅优美。《晋书·夏侯湛传·抵疑》：“咳唾成珠玉，挥袖出风云。”瑶台：传说中神仙居住的地方。

〔5〕凡人：世俗之人。

【译文】

清秀明媚的山峦和流水曲折萦回，色彩绚烂的景色胜过蓬莱仙境。绿色丝绸裁成的歌扇和芳香的花草难以分辨，红色绸缎做衬的衣裙和飘落的梅花翩翩飞舞。字字珠玉的诗文本应该在盛世流传，皇妃驾幸大观园就像神仙下到瑶台一样（让人激动）！名贵的园林一旦经过贵妃的游赏，世俗的凡人便再也不允许到这里来。

【赏析】

这首诗的格调还比较清新，文句也还婉丽，但是内容上既缺乏连贯，形式上也不够自然。整体上来说是比较符合李纨缺乏才情，但尚有修养的个性和身份特征的。也可见后来海棠结社时李纨提出对她和惜春不做过多要求是有来由的。不过它也让李纨更加符合“女子无才便是德”封建礼教

要求。全诗除了对皇恩浩荡和贾妃省幸极尽歌颂之外，并无丝毫新意。不过以李纨的思想和处境，能够做出这样的应制诗，也算是难能可贵了。

凝晖钟瑞[1]

薛宝钗

芳园筑向帝城西，华日祥云笼罩奇。
高柳喜迁莺出谷，修篁时待凤来仪[2]。
文风已著宸游夕，孝化应隆归省时[3]。
睿藻仙才盈彩笔，自惭何敢再为辞[4]。

【注释】

〔1〕凝晖钟瑞：光辉和祥瑞全都聚集。晖，用日光来比喻皇恩，钟，聚集。

〔2〕修篁：即竹林。修，修长；篁，竹子。

〔3〕著：著名，显赫（指声名）。宸游：皇帝外出巡游，这里指元妃省亲。宸，皇帝的居处。孝化：以孝为基础的封建教化。封建统治者多标榜以孝治天下。隆：发扬。

〔4〕睿藻：聪明的才智。仙才：堪与神仙媲美的才华。有恭维元妃的意思。

【译文】

美好的园林建筑在那帝王之都的西方，在晴和的阳光和吉祥的云彩笼罩下神奇异常。高高的垂柳欢喜地迎接从幽谷中迁徙来的黄莺，修长的翠竹时刻恭候着凤凰飞来栖息。文采风流在贵妃临幸时更加昭著，孝悌的美德在贵妃省亲时进一步发扬光大。皇妃的聪明才智在生花的妙笔下得以充分体现，自己惭愧才疏学浅，哪里还敢再来作文赋诗。

【赏析】

应制诗自然要以颂扬和恭维为基调。薛宝钗的这首诗和贾家诸姊妹的文字相比较，虽然句句不离颂圣，但气氛更加庄严，恭维奉承也更含蓄，是一首标准的应制之作。它不仅典雅浑厚、字斟句酌，而且对仗工整、措辞得体，极尽赞颂皇恩浩荡、宣扬忠孝节悌之能事。比起那些一味吟咏山水风月、舞榭歌台的诗句要高出许多。所以元妃一再称赞这首诗“与众不同。”“自惭”一句，犹显宝钗的深沉老练。与精明倔强的探春相比较，两人内心世界的迥异，被曹雪芹刻画得入木三分，惟妙惟肖。

世外仙源[1]

林黛玉

名园筑何处？仙境别红尘[2]。
借得山川秀，添来景物新。
香融金谷酒，花媚玉堂人[3]。
何幸邀恩宠，宫车过往频。

【注释】

〔1〕世外仙源：人世间以外神仙居住的地方。唐代王维《桃源行》诗："春来遍是桃花水，不辨仙源何处寻。"

〔2〕别红尘：不同于人世间。

〔3〕金谷酒：晋代石崇家有金谷园，曾经宴饮宾客于园中，名赋诗，不成者，罚酒三斗。这里指大观园里大开筵宴，命题赋诗。玉堂人：指元妃。

【译文】

著名的大观园建筑在哪里？仿佛远离了红尘的仙境一般。借来了天地山川的钟灵毓秀，增加了景色物华的清新气象。花草芳香和金谷美酒的香味融合一起，鲜花娇媚地取悦玉堂里的美人。能够获得皇妃的恩宠是何等荣幸，且看那宫中的车辆来来往往连续不断。

【赏析】

被元春评价为“与众不同的”两首应制诗，除了前面宝钗那一首，就是林黛玉这一首了。林黛玉本来想借这个机会，充分展示自己的才华，“将众人压倒”。不料元春只命题一匾一咏，本来摩拳擦掌、准备大作特作的林妹妹就不得展才了，只“胡乱”作了一首五言应景。这首诗尽管作者没有精心布局安排，却仍然自然流丽，清新纤巧，表现了林黛玉对自由生活的美好憧憬。其格调同宝钗所作并不一致。虽然也对元春的到来表示欢迎，但是语言更加含蓄，用典也更加精妙。尤其是“金谷酒”一典，隐喻石崇故事；“花媚”一词，语带讥诮。这些春秋笔法，还需要读者用心去领会。

有凤来仪

贾宝玉

秀玉初成实，堪宜待凤凰〔1〕。
竿竿青欲滴，个个绿生凉〔2〕。
迸砌妨阶水，穿帘碍鼎香〔3〕。
莫摇清碎影，好梦昼初长〔4〕。

【注释】

〔1〕秀玉：秀丽的，像玉石一样的竹子。

〔2〕竿：竹子的主干，一棵谓之一竿。个：竹叶的形状像一个个“个”字。

〔3〕迸：喷涌，分裂。碍：阻挡。

〔4〕昼初长：原指冬天过去，白天渐渐变长。这里指美好的生活刚刚开始。

【译文】

秀美的绿竹刚刚结出了果实，正好等待凤凰的来临。一根根碧绿青翠好像要滴下水来，一片片竹叶透出丝丝清凉。竹林茂盛挡住了要溅上台阶的泉水，竹叶稠密妨碍了炉香穿帘飘扬。不要晃动竹子，摇碎斑驳的竹影，但愿甜美的好梦酣畅舒长。

【赏析】

这是宝玉奉命题写潇湘馆的一首诗。大观园内景物虽多，而宝玉独题怡红院、潇湘馆、蘅芜院三处，可见作者安排的精巧。这意味着宝玉、黛玉、宝钗三人的爱情纠葛必然是《红楼梦》一书的中心所在。另外，读者还应该看到，在众人的诸多应制诗中，唯有宝玉的这三首和黛玉替作的《杏帘在望》没有谀媚之词，这正是他“不通世务”的叛逆性格的真实流露。潇湘馆后来成为林黛玉的

住所，竹子又是“岁寒三友”之一，高洁的品质历来为人们歌颂赞赏。宝玉全诗围绕竹子秀美高洁，正是要赞美黛玉忠于爱情、遗世独立的高贵品质。

蘅芷清芬[1]

贾宝玉

蘅芜满净苑，萝薜助芬芳[2]。
软衬三春草，柔拖一缕香。
轻烟迷曲径，冷翠滴回廊[3]。
谁谓池塘曲，谢家幽梦长[4]？

【注释】

〔1〕蘅芷：杜蘅和白芷，都是香草名。

〔2〕萝薜：女萝和薜荔，都是植物名。屈原《九歌》：“被薜荔兮带女萝。”后用来代称隐士的服装。

〔3〕冷翠：清凉的露水。

〔4〕谢家：指南朝谢灵运。传说谢灵运在永嘉西堂作诗，思考了一整天都没有想出来。恍惚中梦见堂弟惠连，即刻想出“池塘生春草”的佳句。他说：“此语有神助，非吾语也。”

【译文】

蘅芜草儿长满了清洁安静的庭院，薜荔女萝更是增加了院子里的芬芳之气。藤蔓软软地衬托着三春芳草，柔顺地牵引着缕缕清香。淡淡的雾气弥漫在弯曲的小路，清凉的露水滴落在宛转的走廊上。谁说“池塘生春草”这样的好诗句，只出现在谢灵运的梦乡？

【赏析】

这是贾宝玉奉命写的第二首诗。全诗以写蘅芜院的香草为中心，以物喻人。颈联之后有脂砚斋批语“甜脆满颊”四字，正呼应了第八回“薛宝钗小恙梨香苑”中冷香丸之故事。在称赞了宝钗的非凡才貌之外，又不乏发人深思之处，如“轻烟迷曲径，冷翠滴回廊”一联。最后的“谢家幽梦”语带双关，以谢灵运比元春，谢惠连比宝玉，含蓄地表达了元春和宝玉姐弟之间的真挚友爱，真实而贴切，让人感动。

怡红快绿〔1〕

贾宝玉

深庭长日静，两两出婵娟〔2〕。
绿蜡春犹卷，红妆夜未眠〔3〕。
凭栏垂绛袖，倚石护青烟〔4〕。
对立东风里，主人应解怜〔5〕。

【注释】

〔1〕怡红快绿：红和绿分别指海棠和芭蕉。李清照《如梦令·昨夜雨疏风骤》词："知否？知否？应是绿肥红瘦！"这里意思是园中的海棠和芭蕉让人心情怡悦愉快。

〔2〕两两：（海棠和芭蕉）成双成对。婵娟：美人的代称。也可以理解为美好的样子。

〔3〕绿蜡：比喻芭蕉的叶子像绿蜡一样温润。红妆：这里用来借喻海棠。

〔4〕绛袖：深红色的衣袖。

〔5〕东风：春风。解：懂得，知道。

【译文】

幽深的庭院里终日一片宁静，美好的芭蕉和海棠双双争艳。像绿蜡一样润泽的蕉叶在春光里半舒半卷，红色的海棠在夜里犹未入眠。石栏旁的海棠花真像美人垂下的衣袖，山石旁的芭蕉仿佛被青烟笼罩。海棠和芭蕉在春风里相对争妍，（它们的）主人真应该懂得怜惜和爱护啊。

【赏析】

这是宝玉奉命所写的第三首诗，也是宝玉自我心声的真实流露。诗的首联便出以"两两出婵娟"之句，应当是指薛林二人之美好；"绿蜡""红妆"二句分明就是描写体态丰盈的宝钗，"凭栏""倚石"

二句也似乎就是刻画瘦弱多病的黛玉。全诗四联双起双收，对仗整饬，处处以海棠和芭蕉相提并论，红绿相互衬托，交相辉映，涵义深邃，令人深思。题诗所在即是后来归宝玉所居住，和宝黛爱情悲剧息息相关的怡红院。最后一句，不妨当做反问句来读，当会有别一种感受。

杏帘在望〔1〕

贾宝玉

杏帘招客饮，在望有山庄。
菱荇鹅儿水，桑榆燕子梁〔2〕。
一畦春韭绿，十里稻花香。
盛世无饥馁，何须耕织忙〔3〕。

【注释】

〔1〕杏帘：酒家卖酒的招牌。唐代杜牧《清明》诗："借问酒家何处有，牧童遥指杏花村。"

〔2〕菱荇（xìng）：菱角和荇菜。桑榆：太阳落下的地方，比喻日暮。

〔3〕饥馁：饥饿，或代称灾荒。

【译文】

酒旗高挑招引客人前去饮酒的地方，隐约可以望见有傍山的村庄。鹅儿在菱叶和荇菜之间嬉戏，燕子穿过桑榆飞向梁间的窠巢。一畦畦韭菜在春风里长大，数十里水田飘散着稻花的芳香。太平昌盛的时代再也没有饥荒和冻馁，又何必为耕田和织布终日操劳。

【赏析】

这首诗是林黛玉代替宝玉所作。黛玉因为元春命他们每人仅题咏一诗一匾而未能充分施展才华，自己的那一首诗又未能胜出宝钗，所以有点不高兴。正好宝玉为一人独作四律大费神思，急得满头流汗。黛玉乐得显露才气，也为了解除宝玉在众人面前的窘态，更是出于对心中爱人的关切，于是就代替宝玉拟了这首五律。这首诗充满了一种怡然自得的山野气象，正符合封建士大夫惯有的身在朝廷，心念渔樵的附庸风雅的心态，所以被元春指为前三首之冠。但是对于元春和贾府诸公来说，这般诗情画意的生活只是偶尔想一想而已，他们是无法了解（更谈不上体验）下层人民的疾苦的。所以脂砚斋说这首诗是“以幻入幻，顺水推舟”。

续《庄子·胠箧》[1]

（庄子原作）故绝圣弃知，大盗乃止[2]；擿玉毁珠，小盗不起[3]；焚符破玺，而民朴鄙[4]；掊斗折衡，而民不争[5]；殚残天下之圣法，而民始可与论议[6]。擢乱六律，铄绝竽瑟[7]，塞瞽旷之耳，而天下始人含其聪矣；灭文章，散五采，胶离朱之目，而天下始人含其明矣，毁绝钩绳，而弃规矩，攦工倕之指，而天下始人有其巧矣。

（宝玉续作）焚花散麝，而闺阁始人含其劝矣；戕宝钗之仙姿，灰黛玉之灵窍[8]，丧减情意，而闺阁之美恶始相类矣。彼含其劝，则无参商之虞矣[9]；戕其仙姿，无恋爱之心矣；灰其灵窍，无才思之情矣。彼钗、玉、花、麝者，皆张其罗而穴其隧[10]，所以迷眩缠陷天下者也。

【注释】

〔1〕《庄子》：又称《南华经》，道家经典著作之一。胠箧（qū qiè）：指偷窃。胠，从旁边打开。

【月曼清游图】绢本 局部［清］陈枚 故宫博物院藏 59－3

【月曼清游图】绢本 局部 [清] 陈枚 故宫博物院藏 59-3

〔2〕绝圣弃知：杜绝圣人，抛弃才智。圣，品德极高尚的人，或称无事不通者为圣。知，通“智”，聪明、才智。语出《老子》：“绝圣弃智，利民百倍。”

〔3〕擿（zhì）：同“掷”，丢弃。

〔4〕符：古代朝廷用来调兵遣将，传达命令的信物。朴鄙：朴实单纯。

〔5〕掊斗折衡：把斗敲破，把秤杆折断。形容人们不再斤斤计较。

〔6〕殚：竭尽。残：毁坏。圣法：先王的制度和法规。

〔7〕擢乱：搅乱。六律：古代音乐中，把八度音分为十二个半音，阴阳各六。阳为律，阴为吕，六律即黄钟、太簇、姑洗、蕤宾、夷则、无射。

〔8〕戕：毁坏；灰：消灭。

〔9〕参商之虞：喻分离不得见或意见不合。

〔10〕穴：挖；隧：暗道。

【译文】

（庄子原作）所以杜绝圣人、抛弃智慧，盗窃国家的行为才能停止；毁坏宝玉和珍珠，才不会有盗贼偷东西；焚毁打碎符记和玺印，百姓才能够变得朴实单纯；敲破量斗、折断秤杆，百姓才能够不再唯利是图；毁弃先王的制度和法规，百姓才能够参加国事的议论。搅乱六律，毁掉所有的乐器，塞住师旷的耳朵，天下所有的人才能够显得耳朵灵敏；

消灭花纹和色彩，粘合住离朱的眼睛，天下所有的人才能够显得眼睛明亮；销毁掉钩绳和规矩，切断工倕的手指，天下所有的人才能够显得灵巧。

（宝玉续作）把袭人和麝月这样的女孩子全都赶走，那么闺房之内就人人都懂得了自己的本分；破坏掉宝钗的美貌，毁灭黛玉的聪明，失去才情意趣，那么女孩子间的喜欢和厌恶的差别就不存在了。她们都听从别人的劝说，就不会有不和与不好的忧虑了；破坏了美貌，就没有贪恋和爱慕的心思；失去了聪明，就没有了因才思而产生的感情纠葛了。于是宝钗、黛玉、袭人、麝月等人，就都张开她们的罗网，挖深她们的陷阱，用来迷惑天下人来上她们的圈套啊。

【赏析】

第二十一回中宝玉平白受到林黛玉和史湘云的一番抢白，加上袭人一边奉劝他和姊妹们玩笑要有分寸，一边对他使性撒娇，故意冷淡他。宝玉自己也觉得无趣，恰好读到《南华经》，深有感触，就趁着酒兴续写了这一段文字。

《胠箧》是《庄子》外篇中的一篇，旨在宣扬老子“绝圣弃知”的思想，主张回到原始的社会状态。宝玉看了以后，把身边发生的事情和这篇文章的内容联系起来，认为自己不能从种种感情纠葛和烦恼中得到解脱的原因在于以前没有明白这个道理。于是就借这一段续写的文字发泄一下不被人理解的愤激心情。没想到又被黛玉看见，嘲笑了一通。

脂砚斋在这里有一段批语云："趁着酒兴不禁而续，是作者自站地步处。谓余何人也，敢续《庄子》？然奇极怪极之笔，从何设想？怎不令人叫绝！己卯冬夜。""这亦暗露玉兄闲窗净几，不即不离之工业。壬午孟夏。"

就宝玉续作的这段文字来看，曹雪芹不仅善于作诗，而且长于作文；不仅能做一本正经的诗文，也擅长这种诙谐幽默的游戏文字。但是，这种诙谐文字，和那些油嘴滑舌的文字又有着本质的区别。它不仅能够博取读者的笑声，更重要的是能够引起读者的深思。

春夜即事

霞绡云幄任铺陈，隔巷蟆更听未真[1]。
枕上轻寒窗外雨，眼前春色梦中人[2]。
盈盈烛泪因谁泣，默默花愁为我嗔[3]。
自是小鬟娇懒惯，拥衾不耐笑言频。

【注释】

〔1〕霞绡（xiāo）：颜色像红霞一样的被褥。霞，

喻红色；绡，红色的薄绢。云幄：像云朵一样轻盈美丽的帐子。幄，四合形的帐子。蟆更：指打更的梆子声或鼓声。宋代称天亮前一段时间的更鼓为“虾蟆更”。

〔2〕梦中人：连做梦都在思念的人。

〔3〕烛泪：蜡烛燃烧时融化流下的烛油形如泪珠，故曰烛泪。

【译文】

彩霞般的被褥在云朵般的帐子里随意铺陈，隔巷隐约传来天色将明的更鼓声。窗外的雨声让枕上的不眠人感到一丝寒意，眼前的春色让我又想起连做梦都在思念的她。泪眼盈盈的蜡烛不知道是为什么人哭泣，花儿的默默愁容似乎是因为我而生气。年小的丫环原本就娇懒成了习惯，围着被子唧唧呱呱笑语不绝。

【赏析】

以眼前的事物为题材的诗叫即事诗。这四首四时即事诗是对宝玉初入大观园一年来平淡生活和思想情绪的写照，它们以简约的笔墨恰到好处地表现了宝玉在特定阶段的思想状态，反映了这个“富贵闲人”终日吟风弄月的闲情雅致。虽然这几首诗并没有多少艺术价值和深刻含义，但是它们仍然是全书的有机组成部分。

春天是一切动物，包括人类在内萌发情事的季节。《春夜即事》用“移步换景”的手法，从室内写到室外，由眼前写到心中。把一个多情公子因为思念意中人而长夜难眠的情状描写得惟妙惟肖。接着又以“烛泪”和“花愁”为媒，刻画出宝玉初涉爱情之河时无故寻愁觅恨的微妙心理。

夏夜即事

倦绣佳人幽梦长，金笼鹦鹉唤茶汤〔1〕。
窗明麝月开宫镜，室霭檀云品御香〔2〕。
琥珀杯倾荷露滑，玻璃槛纳柳风凉〔3〕。
水亭处处齐纨动，帘卷朱楼罢晚妆〔4〕。

【注释】

〔1〕倦绣佳人：隐指袭人。倦：疲劳。这一句的意思是袭人因为刺绣疲倦而睡得香甜。鹦鹉：双关语，暗指贾府丫环鹦鹉。以下麝月、檀云、琥珀、玻璃相同。

〔2〕宫镜：皇宫内的镜子，极言富贵过人。下句“御香”同。

〔3〕荷露：美酒。滑：形容美酒好喝，容易进喉。

〔4〕齐纨：古代齐地盛产精美的薄纱绸，这里代指众女子的衣衫裙裾，有不同凡俗的意思。

【译文】

因为刺绣疲倦了的美人早就进入了悠长的梦乡，金丝笼里的鹦鹉还在叫人端茶送汤。月光照亮的窗户好像打开的宫镜一样，满屋飘散的是御用的檀香。琥珀杯中倒出的是可口的美酒，玻璃槛旁柳风阵阵，正宜纳凉。临水的凉亭里美人们裙裾飘动，透过卷起的窗帘可以看见朱红的绣楼里，美人正在卸去晚妆。

【赏析】

这首诗前三联暗藏了六位处于奴婢地位的丫环名字，还不算袭人和晴雯在内，着力渲染了大观园内生活的豪华富贵和安闲舒适。所以脂砚斋说："四诗（指《四时即事》诗）作尽安福尊荣之贵介公子也。"但是物极必反，水满则溢，曹雪芹之所以作这样的描写，恐怕是要为后文埋下"乐极生悲、时过境迁、物是人非"的伏笔吧！

秋夜即事

绛云轩里绝喧哗，桂魄流光浸茜纱[1]。
苔锁石纹容睡鹤，井飘桐露湿栖鸦。
抱衾婢至舒金凤，倚槛人归落翠花[2]。
静夜不眠因酒渴，沉烟重拨索烹茶。

【注释】

〔1〕绛云轩：宝玉没有搬进大观园时的卧室。桂魄：月亮。传说月中有桂树，故称月亮为桂魄。茜纱：红色的丝织品，这里指窗纱。

〔2〕金凤：绣有金凤图案的被子。翠花：镶有绿色玉石的首饰。

【译文】

喧哗过后的绛云轩里一片安静，像流水一样的月光透过窗纱照进室内。青苔满布的石头上有仙鹤在安然入眠，井边梧桐树上露水沾湿了栖息的乌鸦。丫鬟抱来并铺开绣有金凤的被子，倚着门槛的佳人走回屋内卸下头上镶有绿玉的簪花。宁静的夜晚不能入眠是因为酒后的口渴，叫人拨旺炉火再烹一杯热茶端来。

【赏析】

绛云轩是宝玉原先所住地方的名字，但是宝玉在搬进大观园里之后，还常常借用这 名称。就像一些知识分子的书斋一样，只是存在于文字上的名称而已。《秋夜即事》诗是怡红院里秋夜静谧平和的生活在宝玉感觉中的折射。大观园建成不久的贾府正处于所谓的鼎盛时

期，却已经潜伏着严重的危机。贾宝玉自从搬进大观园后，成了一个名副其实的“富贵闲人”，但他还是在养尊处优的生活中感觉到一丝丝秋天的凉意。曹雪芹的高明之处，也正在于用不同的文字表现不同人物在不同时期的思想感情和人物性格。

冬夜即事

梅魂竹梦已三更，锦罽鹴衾睡未成〔1〕。
松影一庭唯见鹤，梨花满地不闻莺。
女儿翠袖诗怀冷，公子金貂酒力轻〔2〕。
却喜侍儿知试茗，扫将新雪及时烹〔3〕。

【注释】

〔1〕梅魂竹梦：梅花和竹子已经进入梦乡。锦罽（jì）鹴（shuāng）衾：织出锦花的毛毯，雁凫绒里的被褥。罽，一种毛织品；鹴，雁类的一种。

〔2〕翠袖：绿色的衣袖。杜甫《佳人》诗：“天寒翠袖薄，日暮倚修竹。”金貂：金貂的皮毛做成的貂裘。

〔3〕试茗：不同品种的茶，烹烧的时间和火候不同，只有恰到好处，才能色香俱佳。所以要“试”。

【译文】

梅花和翠竹在夜半三更进入梦乡，拥着毛毡棉被我仍然难以入眠。洒满松影的庭院里只有几只仙鹤，梨花一样的白雪覆盖着大地，听不见黄莺的啼鸣。女孩子的翠袖挡不住风寒，就连吟诗的兴致也冷淡不少，穿着貂裘的公子犹嫌酒力轻微难以御寒。令人高兴的倒是小丫头也知道烹茶的火候需要尝试，扫来刚下的新雪及时去煮茶。

【赏析】

这首诗前两联写宝玉深夜难以入眠和冬夜的清幽景色；颈联用“女儿”“公子”“翠袖”“金貂”表达对黛玉由敬而爱、由爱而惭的细腻的感情表露；尾联的思绪又回到现实中来。全诗采用拟人手法，用松、竹、梅点缀冬夜清幽的景色，衬托宝玉思绪的起伏，语言清清有趣。

贾宝玉既是封建礼教压迫下的叛逆者，又是过惯了封建地主阶级寄生生活的纨绔公子。《四时即事》诗即是他这一面生活的自我写照。当然，大观园里不是超脱人世的净土，也存在着污秽、眼泪、挣扎和反抗。当宝玉领略到“悲凉之雾，遍被华林”（鲁迅语）的时候，他就不能再把这种生活继续下去；于是，他终于以“悬崖撒手”来抹去他身上的粉渍脂痕。《四时即事》诗所代表的那种生活，是贾宝玉的人生必然经过的一个历程，用他自己作的诗来加以概括，是对情节结构的简化和压缩。

叹通灵宝玉诗二首

天不拘兮地不羁，心头无喜亦无悲〔1〕，
却因锻炼通灵后，便向人间觅是非〔2〕。

粉渍脂痕污宝光，绮栊昼夜困鸳鸯〔3〕。
沉酣一梦终须醒，冤孽偿清好散场〔4〕！

【注释】

〔1〕拘：拘束，限制。羁：羁绊，束缚。

〔2〕锻炼：暗应小说开篇顽石经过女娲“锻炼之后，灵性已通”，只是没有被拿去补天的经过。

〔3〕粉渍脂痕：脂粉沾在宝玉上留下的痕迹。宝光：即神光。绮栊：挂着丝织窗帘的窗户。栊，窗户。困鸳鸯：指男女沉溺于情事。

〔4〕冤孽：佛家认为男女间的风月之情是由于前世的冤孽之债。散场：离散，结束。暗指贾府家散人亡。

【译文】

天地都不能限制和束缚他，原本在他的心头既没有高兴也没有悲伤。只是因为经过女娲的锻炼后有了灵性，他才到人间去招惹出这一段风月故事。

终日在脂粉丛中生活玷污了他的神光，看一看那闺房内终日缱绻情事的青年男女。深沉酣畅的梦境最终都要醒来，一旦还清了前世的冤孽债，这出戏就到了收场的时候。

【赏析】

小说中每一次癞头和尚和跛足道人出现，都伴随着情节的转折，并且为下一步的发展埋下伏笔。宝玉因为遭到赵姨娘的妒嫉，被魇魔法镇住，险些送命时癞头和尚出现了，对宝玉念诵了这两首诗。

这两首诗语意直白，非常符合和尚和道人的身份与念诵的场景。它通过咏叹“宝玉”入世前后的经过和入世以后的生活遭遇，从侧面描写了宝玉与生俱来的叛逆性格。第一首诗是对宝玉的提醒，让宝玉不要忘记自己原本是青埂峰下的顽石，来到人间不过是经历一场劫数而已。第二首诗是对王熙凤的点拨，告诉王熙凤人生相聚不过是对前世冤孽账债的偿还。这一切最后都得有一个出世结果，那就是该归仙的归仙，该做鬼的做鬼，落得个“白茫茫大地真干净”。

哭花阴诗

颦儿才貌世应希，独抱幽芳出绣闱[1]。
呜咽一声犹未了，落花满地鸟惊飞。

【注释】

〔1〕颦（pín）儿：宝玉送黛玉的字。希：少有。幽芳：幽怨感伤的情怀和孤傲的操守。绣闱：绣花的帐子，这里指林黛玉的住处。

【译文】

黛玉的才华和容貌卓然不群世间少有，独自坚持着幽怨的情怀和孤傲的操守。伤心时的一声呜咽还没有完，就使得花儿落满地，鸟儿受惊飞起。

【赏析】

这首哭花阴诗是对下文黛玉作《葬花吟》所做的铺垫。黛玉在怡红院平白无故地吃了一个闭门羹，心中的痛苦无处诉说，一个人孤零零地站在花阴之下，感怀身世，恸然一哭。这首诗用赞赏的笔调和拟人夸张的手法描写了黛玉的才貌双全和她对宝玉的一片深情，表达了曹雪芹对黛玉悲剧性格和悲剧命运的深切同情。也顺理成章地导出了下文中哀婉缠绵、冠绝今古的绝唱《葬花吟》。同时巧妙地反映了小说中人物在诗歌创作中的一个侧面。

葬花吟〔1〕

花谢花飞飞满天，红消香断有谁怜〔2〕？游丝软系飘春榭，落絮轻沾扑绣帘〔3〕。闺中女儿惜春暮，愁绪满怀无释处〔4〕。手把花锄出绣帘，忍踏落花来复去〔5〕？柳丝榆荚自芳菲，不管桃飘与李飞。桃李明年能再发，明年闺中知有谁？三月香巢已垒成，梁间燕子太无情〔6〕。明年花发虽可啄，却不道人去梁空巢也倾。一年三百六十日，风刀霜剑严相逼〔7〕。明媚鲜妍能几时，一朝飘泊难寻觅。花开易见落难寻，阶前闷杀葬花人。独把花锄泪暗洒，洒上空枝见血痕〔8〕。杜鹃无语正黄昏，荷锄归去掩重门。青灯照壁人初睡，冷雨敲窗被未温〔9〕。怪奴底事倍伤神？半为怜春半恼春〔10〕：怜春忽至恼忽去，至又无言去不闻。昨宵庭外悲歌发，知是花魂与鸟魂？花魂鸟魂

总难留，鸟自无言花自羞。愿奴胁下生双翼，随花飞到天尽头。天尽头，何处有香丘[11]？未若锦囊收艳骨，一抔净土掩风流。质本洁来还洁去，强于污淖陷渠沟。尔今死去侬收葬，未卜侬身何日丧[12]？侬今葬花人笑痴，他年葬侬知是谁？试看春残花渐落，便是红颜老死时。一朝春尽红颜老，花落人亡两不知！

【注释】

〔1〕出自第二十七回黛玉葬花所作之诗。

〔2〕谢：凋落。红消香断：众多鲜花零落凋谢的形象说法。

〔3〕游丝：飘动的蛛丝。落絮：飘落的杨柳飞絮。

〔4〕愁绪：忧愁的心绪。犹言如丝之纷乱而多头。

〔5〕忍：不忍。

〔6〕香巢：燕子衔来垒巢的泥中杂有花瓣，所以说是香巢。因此后一句有“燕子太无情”的话。

〔7〕风刀霜剑：是说风霜对花朵的摧残如同刀剑一样锋利无情。

〔8〕血痕：这一句和两个传说有关：其一，帝舜南巡时突然死亡，湘妃哭泣的泪水滴在竹子上，形成一个个斑点，叫作斑竹；其二，蜀帝杜宇亡国，化为杜鹃，啼叫不止，口中滴下的鲜血染红了花枝，就是杜鹃花。

这句话是说黛玉苦得伤心至极，苦出血来。

〔9〕青灯：油灯发出青色的光，所以说青灯。

〔10〕伤神：伤心。

〔11〕香丘：葬花的坟墓。

〔12〕侬：第一人称代词，多用于吴地乐府民歌中。

【译文】

花儿谢了，风吹得落花满天纷飞，失去了鲜红和芳香的落花有谁怜惜？蛛丝在春天的水榭里微微飘荡，柳絮随风飘来沾满了绣花的窗帘。深闺的女孩儿惋惜凋零的春景，满怀愁绪没有地方可以排遣。手拿着花锄走出绣房，怎能忍心踩着落花出来了又回去？柳条和榆钱各自散发出芳香的气味，哪里管得桃花李花纷飞飘零。桃花和李花明年春天还能开放，可是却不知道明年的闺房中还有谁在？阳春三月燕子衔来带有落花的泥土垒成香巢，梁间飞来飞去的燕子呀你真是无情！尽管明年还会有鲜花盛开凋谢供你衔啄，却不知道那时佳人离去旧巢倾落屋梁空空。一年三百六十天啊，风霜像锋利的刀剑一样摧残着花枝。明媚的春光中花儿又能够艳丽多久，一旦飘落流离再难寻觅。花开时（因为颜色鲜艳、气味芳香）容易看见，凋谢时（却因为红消香断）难以寻找，岂不知愁闷坏了我这站在阶前的葬花之人。我独自手拿花锄暗中流泪，泪滴落在繁花落尽的枝头染成斑斑血迹。啼尽了血泪的杜鹃无言地面对黄昏降临，我扛着花锄走回去掩上重重院门。清冷的灯光映照着墙壁我刚刚入睡，冰冷的雨点敲打着窗户，身上的被子尚未温暖。别人奇怪什么事情使我如此伤神？是因为对春天逝去的怜惜和烦恼：爱怜春天忽然来到，烦恼春天又忽然离去；春天到来时不言不语，离去时也悄无声息。昨天夜里院子外传来一阵阵悲凉的歌声，不知道是花儿还是鸟儿的精魂？无论是花魂还是鸟魂都难以挽留，鸟儿和落花独自含羞，沉默无言。但愿我的臂下能够生出翅膀，让我伴随着落花飞到天的尽头。天尽头啊！不知道那里可有埋葬落花的高丘？倒不如用这锦做的袋子，收集那余香未尽的落花，用一堆净土把曾经无限风流的落花掩埋。既然她洁净地到来，也让她洁净地离去，强过让她掉进泥淖，陷入水渠沟壑。花儿啊，你今天死去有我来为你收葬，却不能预料哪一天我也弃绝尘世？我今天埋葬落花人们笑我痴情，他年埋葬我的还不知是什么人？眼看着春天快要完了，繁花也渐渐落尽，繁花落尽之时也就是红颜衰老死亡之时。总有春天过去红颜衰老的那一天，花儿落尽、佳人逝去两不相知！

【赏析】

《葬花吟》是《红楼梦》一书中历来最为人所称道，也是艺术上最为成功的诗篇之一，它和第七十八回中的《芙蓉女儿诔》，一诗一文，堪称《红

楼梦》一书中诗文作品的巨制双璧。这首诗在风格上仿效唐初的歌行体，名为咏花，实则写人。它抒情淋漓尽致，语言如泣如诉，声声悲音，字字血泪，满篇无一字不是发自肺腑，无一字不是血泪凝成，把林黛玉对身世的遭遇和感叹表现得入木三分。甲戌本上脂砚斋的批语说："余读《葬花吟》至再，至三四，其凄楚感慨，令人身世两忘，举笔再四，不能下批。有客曰：'先生身非宝玉，何能下笔？即字字双圈，批词通仙，料难遂颦儿之意，俟看宝玉之后文再批。'噫嘻！阻余者想亦《石头记》来的，故停笔以待。"为落花缝锦囊，为落花埋香冢；还要悲哭，还要作诗。这种前无古人、后无来者的"荒唐"举动，唯有痴情如宝黛者方能理解，也唯有发生在宝黛身上方能为世人所理解。请看和曹雪芹同时期的明义《题红楼梦》绝句中的诗句：

伤心一首葬花词，似谶成真自不知。

安得返魂香一缕，起卿沉痼续红丝？

"似谶成真"一词，是对后文的预言。试想一下，倘若有返魂之香，可以救活黛玉；倘若"沉痼"能起、"红丝"能续，那《红楼梦》也就不是今天的《红楼梦》，也就不会有这卓绝千古的文字。

第二十八回酒令诗

悔教夫婿觅封侯〔1〕

【注释】

〔1〕语出第二十八回宝玉之酒令。原是唐代诗人王昌龄《闺怨》的诗句。

【译文】

（闺中少妇）后悔叫丈夫到外面去追求功名。

【赏析】

酒令中引用古人的诗句并不一定要有多么深刻的寓意，但这句诗似乎在暗示读者宝玉本无心于功名，宝钗奉劝宝玉留心"仕途经济"只会加深了宝玉对她的反感，促使宝玉下定出家的决心。所以当宝玉真的出家后，宝钗可能会为当初奉劝宝玉求取功名而感到后悔。

雨打梨花深闭门〔1〕

【注释】

〔1〕语出第二十八回宝玉之酒令。原是北宋词人秦观《忆王孙》中的句子。

【译文】

连绵春雨滴滴答答落在梨花上的深夜，紧紧地闭上院门。

【赏析】

宝玉吟此句时，席上恰好有梨，正好和当时的场景相吻合。或说“梨”与“离”谐音，此句暗喻宝钗后来和宝玉分离，独守空房的寂寞日子。

题帕三绝句[1]

眼空蓄泪泪空垂，暗洒闲抛却为谁？
尺幅鲛绡劳解赠，叫人焉得不伤悲[2]！

抛珠滚玉只偷潸，镇日无心镇日闲[3]。
枕上袖边难拂试，任他点点与斑斑。

彩线难收面上珠，湘江旧迹已模糊[4]。
窗前亦有千竿竹，不识香痕渍也无[5]？

【注释】

〔1〕这是第三十四回黛玉在宝玉赠送的手帕上题写的诗。

〔2〕鲛绡：传说海中有鲛人（美人鱼），在海底织绡（丝绢），她流出的眼泪会变成珍珠（见《述异记》）。后来人们常在文学作品中用鲛绡指揩泪的手帕。

〔3〕抛珠滚玉：指流泪。

〔4〕彩线：彩色手帕。湘江旧迹：娥皇、女英哭舜帝的典故。

〔5〕香痕：美人的泪痕。

【译文】

我眼中无端积蓄的泪水徒然落下，暗自抛洒到底是为了谁？感谢你送给我这满含深情的手帕，（这件事）又怎么能不叫我悲伤难过？

抛珠滚玉般的泪水只能偷偷地流淌，一天到晚若有所思又无事可做。枕上袖边的泪水总是难以擦干，只好任凭它滴落点点斑斑。

彩色的丝帕也难以沾尽我脸上的泪珠，湘妃哭舜的泪痕也已经模糊不清。我的窗前也有千百竿竹子，不知它们上面有没有沾上我的泪滴。

【赏析】

宝玉挨打，黛玉前去探望，因为看见宝玉伤势严重而伤心流泪。晚上宝玉又让晴雯送来旧帕两块，再一次触动了黛玉心中的伤痛。于是黛玉终于抛开顾虑，第一次真诚坦白地向宝玉表明了自己的一片痴情，所以这三首诗是宝黛爱情进一步发展的见证。但是读者倘若把赠帕和题诗仅仅看作是青年男女赠送信物和私订终身，那无疑是肤浅的，是和曹雪芹的原意相违背的。

林黛玉在这三首诗中用凄切哀婉、缠绵悱恻的笔调表白了自己对爱情的忠贞。三首诗全都以泪为中心，不仅是照应“以泪还债”的小说结构，而且是对宝黛身边“风刀霜剑严相逼”的恶劣环境的暗示，更是对宝黛二人忠贞不渝的爱情悲剧的同情。同时作者也不忘处处提示读者，宝黛爱情的结局注定是一个悲剧。“湘江旧迹”一句特别用湘妃哭舜的典故来比喻宝黛感情的深厚。

探春结诗社帖

娣探谨奉

二兄文几[1]：前夕新霁，月色如洗[2]，因惜清景难逢，讵忍就卧[3]。时漏已三转，犹徘徊于桐槛之下[4]，未防风露所欺，致获采薪之患[5]。昨蒙亲劳抚嘱，复又数遣侍儿问切，兼以鲜荔并真卿墨迹见赐，何瘝痌惠爱之深哉[6]！今因伏几凭床处默之时，因思及历来古人中，处名攻利敌之场，犹置一些山滴水之区，远招近揖，投辖攀辕，务结二三同志，盘桓于其中，或竖词坛，或开吟社。虽一时之偶兴，遂成千古之佳谈。娣虽不才，窃同叨栖处于泉石之间，而兼慕薛、林之技。风庭月榭，惜未宴集诗人；帘杏溪桃，或可醉飞吟盏。孰谓莲社之雄才，独许须眉[7]；直以东山之雅会，让余脂粉[8]。若蒙棹雪而来，娣则扫花以待[9]。此谨奉。

【注释】

〔1〕文几：书房中置于座位旁边的小桌，可以作为疲倦时的依靠。是书信中的一种习惯用法。

〔2〕霁：雨后或雪后初晴称之为霁。洗：形容月亮非常清晰，像洗过的一样。

〔3〕讵（jù）忍：怎么忍心。

〔4〕漏已三转：夜晚已经过了三更。漏，漏壶，古代的计时器。桐槛：梧桐树下的栏杆。

〔5〕采薪之患：自称有病的婉辞。

〔6〕真卿墨迹：唐代大书法家颜真卿的书法手迹。瘝痌（guān tōng）：关怀和爱护。

〔7〕须眉：男子。

〔8〕东山：山名，在浙江省上虞县西南。因为东晋谢安曾经隐居于此，后常用来代指谢安。脂粉：女子。

〔9〕棹雪而来：乘兴而来。棹，划船的工具。扫花以待：殷勤期待。典出唐代杜甫《客至》诗："花径不曾缘客扫，蓬门今始为君开。"

【译文】

您的妹妹探春恭谨地呈上

谨奉书信于二兄的书案前：

前天晚上雨后新晴，月光皎洁如洗，因而可惜这样清丽的景色难以遇到，又怎么能忍心卧床安睡呢。直到深夜三更的时候，我还徘徊在梧桐树下的栏杆旁边，不小心着了夜风和露水的寒气，以至得了一点小病。昨天承蒙您亲自来安慰和嘱咐，又多次派侍女来表示问候和关切，加上送给我新鲜的荔枝和颜真卿的手迹墨宝，关怀和爱护是何等地深厚啊！今天我靠着床扶着桌子安静独处的时候，忽然想到有不少古人，尽管置身于争权夺利的世俗社会，还能置办一些小有山水的园林之所，请一些远处和身边的朋友，殷勤挽留三五个志同道合的人，逗留在山水之间，或者建立词坛，或者开设诗社。虽然是一时的偶然兴致，却成为了千古流传的美好故事。我虽然没有才华，却有幸和众姊妹共同生活在大观园中的山水之间，同时羡慕宝钗、黛玉二人做诗的才华和技巧。只可惜在微风习习、月色清朗的庭院台榭里，未曾邀请聚集大家饮宴；在帘外溪边桃花杏花盛开的地方，也可以微醉着举杯吟诗。谁又能说莲社里那样雄奇的才华只有男子才有；简直可以叫谢安把东山聚会的风雅，让给我们女子。如果您能够乘兴而来，我一定把（阶前的）落花打扫干净来恭候您。（我）这里恭敬谨慎地呈上。

【赏析】

这是第三十七回探春请宝玉参加诗社的请帖。全文不过二百余字，但文笔干净雅致，流丽多彩，显示出探春良好的文学素养。探春是大观园中一个以家族兴衰为己任、才高自负的特殊人物。她在这封短简中有两处忽略了宝玉是一个男子，不能不说

是用心良苦。一处是对宝玉自称“娣”，看起来好像是写信时的疏忽，其实不然。另一处是“让余脂粉”，毫不犹豫地把宝玉划到脂粉群中来。这表明了她在忽略宝玉男性性别特征的同时，也在有意淡化自己的女性性别特征。小说中探春处处想和男子争胜，这篇帖子中又强烈地流露出文采风流“不让须眉”的思想。关于这一类的人物心理特征，读者不可不用心去体察。

咏白海棠·其一

蕉下客

斜阳寒草带重门，苔翠盈铺雨后盆[1]。
玉是精神难比洁，雪为肌骨易销魂[2]。
芳心一点娇无力，倩影三更月有痕。
莫谓缟仙能羽化，多情伴我咏黄昏[3]。

【注释】

〔1〕斜阳：傍晚的太阳。寒草：秋天的草。苔翠：即“翠苔”，这里形容海棠茎叶翠绿的颜色。

〔2〕精神：古谓万物之灵气。这里指精气和神志。销魂：感情陶醉。

〔3〕缟仙：比喻白海棠好像穿着白色缟衣的仙子一样。羽化：道家称修炼成仙或飞升为羽化。宋代苏轼《前赤壁赋》：“飘飘乎如遗世独立，羽化而登仙。”

【译文】

傍晚的阳光照着秋天的枯草，连着层层院门，海棠的茎叶翠绿茂盛，遮盖住了整个花盆。她的精神好像美玉一样无与伦比，像白雪堆成似的肌骨格外令人陶醉。点点花蕊既芬芳又娇弱无力，三更月下的花影斑驳如同月亮的泪痕。不要说海棠花像身着缟衣的仙子一样能够飞升而去，多情的她正陪伴我在黄昏时节低吟浅唱。

【赏析】

这首诗是蕉下客（探春）作的。她笔下的白海棠具有高洁的精神和纯净的肌骨，盛开于雨后新晴的日子，可谓婀娜多姿，楚楚动人。

这一组咏海棠诗是海棠结社第一次诗会所做，也是大观园中众姐妹思想、情趣和品格的自我写照，同时也在隐示她们的不同命运。与其说这几首诗是“咏海棠”，倒不如说是各人对自己命运和志向的咏叹。你看，“玉是精神难比洁”几乎就是“才自清明志自高”的翻版；“雪为肌骨易销魂”更是“顾盼神飞”“见之忘俗”的同义语。结尾一联更是表现了作者处处不让须眉的远大抱负。

咏白海棠·其二

蘅芜君

珍重芳姿昼掩门，自携手瓮灌苔盆[1]。
胭脂洗出秋阶影，冰雪招来露砌魂[2]。
淡极始知花更艳，愁多焉得玉无痕[3]。
欲偿白帝凭清洁，不语婷婷日又昏[4]。

【注释】

〔1〕珍重：爱惜。善加保重。手瓮：盛水浇花的器具。

〔2〕“胭脂”句：意思是海棠花摆在秋阶前好像洗去胭脂的美人一样不着脂粉，纯净可人。冰雪：用来形容海棠花的质地和颜色。

〔3〕“愁多”句：这句诗表面上是说海棠带露像是因愁而落泪，暗中讥讽宝黛二玉，以其多愁善感，好像美玉微瑕一样。

〔4〕白帝：传说中西方之神，掌管秋事。婷婷：人或草木袅娜的姿态。

【译文】

珍惜自己的美好姿容在白天也要关上院门，亲自提着手瓮来浇灌满是青苔的花盆。摆在秋阶前的海棠好像洗去胭脂的美人般洁净，冰雪一样的品质招引来露水堆砌成你（海棠花）的精魂。淡雅到极点才知道本色分外娇艳，无限的愁思怎能不使美玉落下斑痕。要想报答秋神（的恩赐）就应当保持自己的纯洁，亭亭玉立默默无语地又到了黄昏。

【赏析】

这首诗是蘅芜君（薛宝钗）作的。她笔下的白海棠显然不同于探春的自负和英爽，而是凝重端庄、洁身自好的淑女的化身。诗的首联完全是宝钗恪守封建妇德的自我表白，珍重“芳姿”到了白天也掩着门的程度，其人可想而知。实际上小说中的宝钗也一直坚持着“非礼勿视、非礼勿听、非礼勿言、非礼勿动”的行为准则。颔、颈两联是宝钗进一步对自己“极爱素雅”这一性格特征的阐发，因为淡到极点才更艳丽。读者看一看宝钗合规中矩的一言一行，再看看她事事得人心的好人缘，就知道“安分随时”“罕言寡语”的厉害了。这真是“履冰临渊慎言语，说破英雄惊煞人”啊！

咏白海棠·其三

怡红公子

秋容浅淡映重门，七节攒成雪满盆[1]。
出浴太真冰作影，捧心西子玉为魂[2]。
晓风不散愁千点，宿雨还添泪一痕。
独倚画栏如有意，清砧怨笛送黄昏[3]。

【注释】

〔1〕七节：是说海棠开放的层次很多。七，概数，言其多，并不是只有七层。攒：聚集。

〔2〕出浴太真：以刚刚沐浴完毕走出华清池的杨贵妃喻白海棠。

〔3〕清砧（zhēn）：妇女的捣衣声。古代妇女常于秋季捣衣，唐代有《捣衣曲》描写妇女为远戍边地的丈夫捣洗寒衣时的思念之情。

【译文】

秋海棠素淡的姿容映照着重重院门，层层聚集盛开好像白雪堆满花盆。（丰满茂盛）好比用冰雪雕塑的贵妃出浴像，（娇嫩柔弱）好比用美玉铸就灵魂的西施捧心图。阵阵晨风吹不散她的千般愁绪，一宿的夜雨增添了一抹泪痕。独自倚靠着画栏像是在默默思念，清冷的捣衣声和哀怨的笛声陪伴你度过黄昏。

【赏析】

这首诗是怡红公子（宝玉）作的。颔联第一句暗喻宝钗，用杨贵妃来形容宝钗健康丰满的体态。像这样的比喻书中不止一处，例如第三十回中宝玉就说："怪不得他们拿姐姐比杨妃，原来也体丰怯热。"颔联第二句用西子暗喻黛玉。宝黛初次见面时，宝玉便为黛玉取了一个别名"颦儿"，就是用了西施的典故，这里又一次用西子捧心的故事来形容黛玉的多愁多病。尾联用到"清砧""怨笛"二词，皆有悲音，似乎又是在告诉读者，宝钗的后半生必将是一段充满幽怨、寂寞、悲苦的日子。我们还可以这样认为，宝玉心中理想的爱人应该兼有黛玉的思想和宝钗的健康，所以在太虚幻境里对贾宝玉进行性启蒙的仙子乳名就叫"兼美"，就是兼有薛林二人之美的意思。

咏白海棠·其四

潇湘妃子

半卷湘帘半掩门，碾冰为土玉为盆[1]。

偷来梨蕊三分白，借得梅花一缕魂。

月窟仙人缝缟袂，秋闺怨女拭啼痕[2]。
娇羞默默同谁诉，倦倚西风夜已昏。

【注释】

〔1〕湘帘：竹帘。

〔2〕月窟：即月宫。因为仙人多居住在洞窟之中，故名。袂（mèi）：本义是衣袖，这里代指衣服。怨女：已到结婚年龄而无合适配偶的女子。

【译文】

半卷着竹帘半闭着屋门，碾碎冰霜当作泥土又用白玉做成花盆。偷来了梨花花蕊的三分洁白，又借来梅花的一缕芳魂。既像是月宫的仙子在缝制白色缟衣，又像是秋天闺房里的幽怨女子在擦拭泪痕。娇弱羞怯默默无言不知道心事同谁诉说，疲倦地倚在窗前看天色渐晚西风渐起。

【赏析】

这首诗是潇湘妃子（林黛玉）作的。海棠结社之始，是黛玉首先提出每人取一个雅号，然后又是探春提议称黛玉为“潇湘妃子”。脂砚斋在这里评曰：“妙极、趣极，所谓‘人必自侮然后人侮之。’看因一谑便勾出一美号来，何等妙文哉！”

小说中黛玉的诗往往多奇思妙想，众人也评为：“果然比别人又是一样心肠。”例如这里的“半卷湘帘”就和宝钗的“珍重芳姿”形成鲜明对比，是黛玉性

格中任性使情的真实写照。比起来宝钗的稳重端方，黛玉性格中更多的是眼高于顶、目无下尘。试看“偷来梨蕊三分白，借得梅花一缕魂”一联，的确是非颦儿不能言也！但是黛玉的精神世界并不能够为大多数人所理解，所以李纨指出这首诗是风流别致有余，而宝钗的更为含蓄浑厚，这种评价非但符合李纨的寡居身份，就是大观园中的众多姊妹，恐怕也大都有这种看法。宝玉之所以对李纨的评价不以为然，要求重新评过，是因为只有宝玉能够从心灵深处理解黛玉这首诗的内蕴，所谓“与我心有戚戚焉”者也。诗的最后一联说明了黛玉孤身一人寄居贾府、满腔心事无法向人诉说的悲苦，以及黛玉必将在这种悲苦煎熬中死去的结局。

白海棠和韵二首

枕霞旧友

其　一

神仙昨日降都门，种得蓝田玉一盆[1]。
自是霜娥偏爱冷，非关倩女亦离魂[2]。

【月曼清游图】绢本 局部 ［清］陈枚 故宫博物院藏 59－4

【月曼清游图】绢本 局部 ［清］陈枚 故宫博物院藏 59－4

秋阴捧出何方雪，雨渍添来隔宿痕[3]。
却喜诗人吟不倦，岂令寂寞度朝昏[4]。

其　二

蘅芷阶通萝薜门，也宜墙角也宜盆[5]。
花因喜洁难寻偶，人为悲秋易断魂。
玉烛滴干风里泪，晶帘隔破月中痕[6]。
幽情欲向嫦娥诉，无奈虚廊夜色昏[7]。

【注释】

〔1〕都门：都城。蓝田：地名，位于陕西东部，以盛产美玉著名。这里用蓝田玉形容海棠花。

〔2〕霜娥：神话传说中专管霜雪的神灵，又叫青女。唐代李商隐有“青女素娥俱耐冷，月中霜里斗婵娟”的诗句。倩女：典出唐代陈玄祐传奇小说《离魂记》。衡州张镒的女儿和外甥王宙相恋。后来张镒把倩娘许配他人，倩娘忧虑成病。王宙被遣到了四川，倩娘的灵魂跟随王宙也到了四川。五年后二人回家，房中卧病的倩娘闻声而出，与灵魂合二为一。张镒也只好同意了他们的婚姻。

〔3〕秋阴：秋天多阴雨天气，所以说秋阴。雨渍：雨水浸泡。

〔4〕朝昏：从早到晚。朝，早晨；昏，黄昏。

〔5〕蘅芷：香草名。萝薜：女萝和薜荔。

〔6〕玉烛：白色的蜡烛。晶帘：水晶做的帘子。

〔7〕嫦娥：月神。传说中后羿之妻，窃不死之药奔月。文学作品中多用来比作寂寞美女的典型。虚廊：空旷的门廊。

【译文】

其　一

大概是天上的神仙昨天降临都城，在这里种下了一盆蓝田美玉。就像那霜娥偏偏喜欢冰雪的寒冷，尽管和传说中的倩女无关，却也因为多情而离魂。深秋季节从什么地方捧来这一盆白雪，莫非是昨夜的秋雨增添了点点泪痕。真为诸位诗人不知疲倦地吟咏感到高兴，怎么能让她从早到晚孤独寂寞地度过。

其　二

长满蘅芷的台阶通向女萝和薜荔掩映的房门，（海棠花）适宜种在墙角也适宜栽在花盆。花儿因为喜欢清洁而难以找到伴侣，人却因为望秋生悲而备感伤神。你如一支蜡烛在风中流干了泪水，水晶帘隔碎了你月下的身影。内心深处的衷情想要向嫦娥倾诉，无奈那寂静的门廊里夜色渐渐深沉。

【赏析】

这两首和韵是枕霞旧友（史湘云）作的。初次海棠结社时史湘云没有到，后来就补作了这两首诗。史湘云是众姐妹中比较特殊的一个。她既不同于宝钗的工于心计，也不同于黛玉的多愁善感，她是一个性格开朗、随分自解的女孩子。她的这一性格特征是“也宜墙角也宜盆”一句的最好注解。脂砚斋曾说：“观湘云作海棠诗，如见其娇憨之态。是乃实有其事，非作者杜撰也。”又云“自是霜娥偏爱冷”一句“不脱将来形景”，也和书中后文的情节吻合。读者还应该注意到这两首诗中几处涉及宝钗和黛玉的地方。如“秋阴捧出何方雪（薛）”，暗示宝钗的到来是宝黛爱情悲剧的开始；“花因喜洁难寻偶，人为悲秋易断魂”一联，简直就是对黛玉入木三分的刻画；“幽情欲向嫦娥诉，无奈虚廊夜色昏”一联既有对自己的感叹，也有对宝钗的同情。诸如此类，读者还可以自己推敲和领会。

忆　菊

蘅芜君

怅望西风抱闷思，蓼红苇白断肠时。
空篱旧圃秋无迹，瘦月清霜梦有知。

念念心随归雁远，寥寥坐听晚砧痴[1]。谁怜我为黄花瘦，慰语重阳会有期。

【注释】

〔1〕晚砧：妇女在夜晚的捣衣声。

【译文】

我满怀惆怅又愁闷地望着西风，蓼草变红苇花飞白让人柔肠寸断。篱笆下面花园之中看不到一丝秋天的痕迹，只能在一弯残月满地清霜的夜晚梦见。念念不忘的心情随着南归的大雁越飞越远，寂寞寥落地坐着听那捣衣声如痴如呆。有谁怜惜因为思念秋菊而消瘦的我，令人欣慰的是明年的重阳节我一定还会和他相逢。

【赏析】

这首诗是宝钗作的。诗中用拟人的修辞手法，通过对菊花盛开时（暗喻从前的幸福生活）情景的回忆，朦胧地表达了一种独守寒窗盼望菊花盛开时节而不得的凄凉情绪，预示了作者后来的不幸遭遇。“念念心随归雁远”写宝钗看到北雁南飞，从而产生思念金陵家乡的心情。“寥寥坐听晚砧痴”是对宝玉离家出走以后，宝钗思念丈夫宝玉的暗

示，因为古人常常用“捣衣砧”来指代丈夫（这一点在唐人的诗句中多有表现）。“谁怜我为黄花瘦”更是对自己后来无人怜念的命运的一种反问。最后一句则是一种满含悲愤却又无可奈何的自我安慰。

访　　菊

怡红公子

闲趁霜晴试一游，酒杯药盏莫淹留。
霜前月下谁家种，槛外篱边何处秋。
蜡屐远来情得得，冷吟不尽兴悠悠[1]。
黄花若解怜诗客，休负今朝挂杖头[2]。

【注释】

〔1〕得得：自然得意，任意。南朝何逊《西州直示同员》诗：“暂将收饮啄，得得任心神。”悠悠：长远，没有穷尽。

〔2〕解怜：懂得怜惜。杖头：杖头钱。

【译文】

趁着闲暇在霜后晴朗的日子里出游，不要为了饮酒或身体病弱而留在家中。这霜前月下的菊花是谁家所种？那门外篱笆边又是从哪里来的清秋？我穿着蜡屐兴致勃勃远道而来，冒着寒冷吟咏仍然心情舒畅意兴悠长。菊花如果懂得怜惜多情的我，就不要辜负了今天我拄杖而访的深情。

【赏析】

这首诗是宝玉作的，题为《访菊》。宝钗"忆菊"而不得，宝玉于是出访。全诗的重点在于"访"字，所以着力描写了宝玉久病初愈、兴味盎然地寻访菊花时的心理和行动。诗人看到霜前月下槛外篱边的菊花开得一片兴旺，自己也不由得心旷神怡，精神倍增，真后悔被家里的酒杯和药盏所羁留，衬托出诗人面对心中的爱人难以按捺的喜悦心情。尾联"黄花若解怜诗客，休负今朝挂杖头"既是对菊花而言，更是对心中的爱人——黛玉而言。行文至此，宝玉对林妹妹的一片深情，跃然纸上，呼之欲出。

种　菊

怡红公子

携锄秋圃自移来，篱畔庭前故故栽[1]。
昨夜不期经雨活，今朝犹喜带霜开[2]。
冷吟秋色诗千首，醉酹寒香酒一杯[3]。
泉溉泥封勤护惜，好知井径绝尘埃[4]。

【注释】

〔1〕秋圃：种植菊花的园圃。故故：常常。唐代杜甫《月》诗："时时开暗室，故故满清天。"

〔2〕不期：没有想到。

〔3〕酹：以酒洒地，表示祭奠。这里指对菊花充满了敬意。寒香：指菊花。

〔4〕泉溉泥封：用泉水浇灌，用泥土封培。井径：小径，幽静偏僻的地方。

【译文】

带着锄头（把菊花苗）从秋天的苗圃里亲自移来，在篱笆旁边和庭院前边所有的地方都栽上（菊花）。没想到昨夜的一场秋雨使她们全部成活，更高兴今天早晨又全部带着霜露开放。在清冷的秋景里我诗兴大发吟诵千首，微带醉意地对着清香的菊花洒酒一杯。我因为爱护和怜惜而殷勤地用泉水浇灌她、用泥土培植她，要知道只有在这幽静的地方我才能超绝尘埃。

【赏析】

宝玉对女孩子的喜欢是建立在真正的尊重、爱护和关心的基础之上的，这从宝玉日常生活的言行中不难看出。实际上曹雪芹在"悼红轩"中"披阅十载、增删五次"又何尝不是为他所尊重和深爱的闺中女子立传。这首种菊诗要表现的就是宝玉的这种怜香惜玉的情怀。首联写宝玉既然访到了菊花，便不惮劳苦，亲自移栽菊花到庭前篱边。颔联和颈联写移栽的菊花经过宝玉的精心培护而成活后，宝玉看到菊花成活盛开后的欣慰之情。尾联是诗人对自己爱花护花的一片痴情和人生志趣的进一步表白。全诗以花喻人，以人比花，以情入景，情景交融，表现了两情相得、其乐融融的和谐景致。

对　菊

枕霞旧友

别圃移来贵比金，一丛浅淡一丛深〔1〕。
萧疏篱畔科头坐，清冷香中抱膝吟〔2〕。
数去更无君傲世，看来惟有我知音。
秋光荏苒休辜负，相对原宜惜寸阴〔3〕。

【注释】

〔1〕别圃：别处的园圃。

〔2〕萧疏：秋天草木凋零的气象。科头：不戴帽子，借指不拘礼法。

〔3〕荏苒（rěn rǎn）：形容时光渐渐过去。寸阴：极短的时间。古代用日晷记时，日晷的影子移动的距离就代表时间，所以以分寸记。

【译文】

从远方移来的菊花比金子还要珍贵，这一丛菊花的颜色浅淡，那一丛的颜色又较为深重。在草木萧疏的秋天不带头巾坐在栽满菊花的篱笆旁，抱着双膝呼吸着清冷的菊花香气又吟咏着诗句。把群花数遍，没有比菊花更孤洁傲世的，看来只有我才是你的知己好友。请不要辜负这渐渐逝去的秋色，既然有缘相聚就要珍惜相聚的每一寸光阴。

【赏析】

这首《对菊》和下一首《供菊》都是史湘云作的。因为贾母刚刚在藕香榭吃酒赏桂，说到史家原有“枕霞阁”，所以众人就为她取了一个“枕霞旧友”的雅号。对菊就是和菊花相对而赏的意思，所以全诗的重点在于赏菊。首联在交代了菊花的来历之后立即转向对菊花的欣赏态度，正所谓“浓妆淡抹总相宜”，不论菊花颜色的深浅都能够博得诗人的欣赏，这才是史湘云豪爽倜傥性格的体现；颔联描写赏菊人的不拘礼法和萧散怀抱，又何尝不是史湘云的自抒怀抱；颈联笔锋一转，写菊花为群花中之最傲世不群者，诗人和菊花互为知音好友；尾联又写秋色不长，相对不易，应该珍惜时光，尽情赏玩。全诗恰如其分地表现了史湘云安分随时的豁达性格。

供　　菊

枕霞旧友

弹琴酌酒喜堪俦，几案婷婷点缀幽。
隔座香分三径露，抛书人对一枝秋。
霜清纸帐来新梦，圃冷斜阳忆旧游[1]。
傲世也因同气味，春风桃李未淹留[2]。

【注释】

〔1〕纸帐：古代富贵人家用茧纸做的在户外乘凉用的帐子。忆旧游：回想过去赏菊时的情景。

〔2〕同气味：气味相投，性情一致。春风桃李：用桃李盛开的春天比喻繁华的世俗社会。

【译文】

很高兴在弹琴和饮酒的时候有菊花作伴，亭亭玉立地点缀在案头显得幽静雅致。隔着座位都能闻到菊花带有院中露水的香气，我不由得抛开书卷，仔细地观赏这一枝秋菊。她为我在清凉的纸帐中带来清新的梦境，每当夕阳西下面对清冷的花圃时，我就不由自主地想起过去赏菊的情景。我同菊花一样傲世不群是因为我们气味相投，性情一致，面对着像繁花盛开的春天一样热闹的尘世毫不留恋。

【赏析】

《对菊》一诗还没有把史湘云的性情怀抱抒发到极致，因而这首《供菊》就显得非常必要。访也访了，种也种了，人菊相对更是感情激荡，接下来诗人便要将菊花插在案头，与之朝夕相处，乐以忘忧。史湘云在这首诗中描写了自己像陶渊明一样蔑视富贵、佯狂傲世的性情风度。采用“背面敷粉”的手法，由观赏室内插瓶的菊花写到园中赏菊的风雅，继而回想起往日赏菊的天真烂漫。难怪很得黛玉的欣赏，说到前四句写完已经“妙绝”。颈联和尾联又进一步扩大了全诗的意境，丰富了吟咏的内容，深化了写作的主题。

咏　菊

潇湘妃子

无赖诗魔昏晓侵，绕篱欹石自沉音[1]。
毫端蕴秀临霜写，口角噙香对月吟。
满纸自怜题素怨，片言谁解诉秋心[2]。
一从陶令平章后，千古高风说到今[3]。

【注释】

〔1〕无赖：无可奈何，无法摆脱。诗魔：诗情像着了魔一样。

〔2〕素怨：积怨，与下句“秋心”互文。秋心：二字和为“愁”字，意思是愁肠。

〔3〕陶令：东晋陶渊明曾经做过彭泽令，作过许多吟咏菊花的诗，称为陶令。平章：评论，品评。

【译文】

无法摆脱的诗情从早到晚把我纠缠，绕着篱笆漫步或停下来倚着石头独自沉思吟诵。笔尖上积聚着灵秀，面对着霜寒把秋菊描写，口齿间含着菊花的芳香，仰对明月把菊花吟咏。满纸上写的都是平日自我怜惜的哀怨，谁又能透过片言只语了解我的愁思。菊花自从经过陶渊明的品评后，高尚的品格一直被人称颂到今天。

【赏析】

这首诗是林黛玉作的。首联写黛玉为诗情所困

扰而坐立不安，把诗人那种无法抑制、迫切需要发泄的创作激情描写得活灵活现。颔联写作者秀逸超群的才思和全身心投入创作时的情状。颈联“满纸

自怜题素怨，片言谁解诉秋心”是全诗的中心所在，抒发了诗人感怀身世、自我怜惜的哀怨和不被人理解的愁绪，同开篇诗“满纸荒唐言，一把辛酸泪！都云作者痴，谁解其中味？”有异曲同工之妙，应该是曹雪芹别具匠心的巧意安排，而并非偶然巧合。尾联是进一步对菊花高洁品格的赞赏，也是诗人的自诩之意和全诗意境的升华。

画　菊

蘅芜君

诗余戏笔不知狂，岂是丹青费较量〔1〕。
聚叶泼成千点墨，攒花染出几痕霜。
淡浓神会风前影，跳脱秋生腕底香〔2〕。
莫认东篱闲采掇，粘屏聊以慰重阳〔3〕。

【注释】

〔1〕戏笔：随意挥洒，不经意而为之。

〔2〕跳脱：本是一种手镯，用珍物连缀而成。后作灵巧、活脱。腕底香：腕底划出的菊花仿佛散发着香气。

〔3〕粘屏：把画贴在屏风上。

【译文】

吟罢菊花诗又拿起画笔随意挥洒不知狂妄，哪里是专为作画而去苦苦构思。用泼墨法画成聚集浓密的菊叶，又点染出带有霜痕的层层花瓣。墨色浓淡有致，让人领会到风前菊花的风姿，挥动的手腕下仿佛散发出菊花的清香。不要把画上的菊花误认为是真花而去采摘，把它暂且贴在屏风上点缀重阳节。

【赏析】

这首诗是薛宝钗作的。全诗写得生动有趣又富有神韵，尤其是颔颈两联构思精巧不落俗套，运用通感的修辞手法，以花喻人、以人比花、人花相映，充分流露出宝钗自视高明、与众不同的思想情趣。但是尾联却暗含悲音，似乎是在告诉读者宝钗不见菊花仅见画菊，暗示她一生的理想（婚姻）就像画饼充饥、望梅止渴一样。“聊以慰重阳”和《忆菊》的末句“慰语重阳”遥相呼应，意味深长。整体上来说这首诗还是比较洒脱和豪放的，它把菊花在霜寒中劲放的风姿栩栩如生地展示在读者面前，真可谓是“诗中有画”。菊花诗会中黛玉夺魁，一方面是黛玉的诗句实在精巧奇特，另一方面恐怕还有宝钗在海棠结社时领先的因素。曹雪芹不愿意让宝钗一人独占鳌头，所以时时不忘把薛林二人放在一处比较，这不能不让人发出“既生瑜，何生亮”的感叹。

问　　菊

潇湘妃子

欲讯秋情众莫知，喃喃负手叩东篱[1]：
孤标傲世偕谁隐，一样花开为底迟[2]？
圃露庭霜何寂寞，鸿归蛩病可相思[3]？
休言举世无谈者，解语何妨话片时[4]？

【注释】

〔1〕负手：两手交放在背后。叩：询问。

〔2〕孤标：清峻特出的品格。为底：为什么。

〔3〕圃露庭霜：落满霜露的园圃和庭院。与下句“鸿归蛩病”互文。鸿归：大雁南飞。蛩（qióng）病：蟋蟀将要死去。

〔4〕举世：整个世间，整个社会。解语：指菊花能够听懂自己说的话。拟人的修辞手法。片时：短暂的时间。南朝江总《闺怨篇》：“愿君关山及早度，念妾桃李片时妍。”

【译文】

想要打问秋天的消息却没有人知晓，我只好背着手轻声地询问秋菊：你的品格如此孤高傲世，又有谁能够和你一同隐居，同样都是花，而你为什么又开放得这么晚？落满霜露的园圃和庭院多么寂寞，鸿雁南飞蟋蟀低吟你是否相思。且不要说整个世间没有能够和你谈论的人，你如果懂得人的话语不妨和我小叙片刻如何？

【赏析】

这首诗是黛玉三首咏菊诗中写得最为新颖别致，也最能代表黛玉个性的一首诗。“孤标傲世偕谁隐，一样花开为底迟？”一联把黛玉清高孤傲的人物个性表现得淋漓尽致。“圃露庭霜”又何尝不是“风刀霜剑”的另一种说法，连“鸿归蛩病”也惹起黛玉的悲苦相思。对寄人篱下的黛玉来说，身边能够了解自己心思、倾心而谈者只有宝玉一人，然而又何曾有和宝玉畅叙衷情的机会？所以，我们与其说这首诗是在问菊，还不如说是问人。既是问宝玉，也是对整个大观园和封建社会的反问。

簪菊[1]

蕉下客

瓶供篱栽日日忙，折来休认镜中妆。
长安公子因花癖，彭泽先生是酒狂[2]。
短鬓冷沾三径露，葛巾香染九秋霜[3]。
高情不入时人眼，拍手凭他笑路旁[4]。

【注释】

〔1〕簪菊：把菊花插在头上。

〔2〕长安公子：唐代著名诗人杜牧。

〔3〕葛巾：葛布做的头巾。古代平民只能穿葛衣。

〔4〕高情：高尚的情操。时人：时俗之人。“拍手”句：唐代李白《襄阳歌》：“襄阳小儿齐拍手，拦街争唱白铜鞮。旁人借问笑何事，笑杀山公醉似泥。”

【译文】

天天为了在瓶中插菊和在篱下栽菊而奔忙，折来插在头上不是平时的模样。诗人杜牧因为爱花而成癖，隐士陶渊明因为嗜酒而癫狂。鬓旁的短发沾着菊花上的露水，葛布头巾也染上了菊花的清香。时俗之人不能理解我高尚的情操，任凭他们在路旁拍手取笑。

【赏析】

小说中的探春处处不忘表现自己与众不同的才能和志向，这首诗就是又一个例子。古人有重阳节簪菊登高的习俗，但往往只限于男子。探春以簪菊为题，描写了诗人像杜牧和陶渊明一样的清高和癫狂，同时也流露出探春像男子一样不甘平庸、渴望建功立业的壮阔胸怀。“折来休认镜中妆”一句提醒读者且莫把探春作普通女子看待，探春为了维护自己的主子地位，甚至连自己的亲生母亲和同胞兄弟都不放在眼里（赵姨娘和贾环的不堪另当别论）。不过探春敢以杜牧和陶渊明自比，也未免带有一些狂妄和矫情。实际上，探春也是一个处处小心、前瞻后顾的女子，并不是一个凭人“拍手笑路旁”的人。

菊　　影

枕霞旧友

秋光叠叠复重重，潜度偷移三径中〔1〕。
窗隔疏灯描远近，篱筛破月锁玲珑〔2〕。
寒芳留照魂应驻，霜印传神梦也空〔3〕。
珍重暗香休踏碎，凭谁醉眼认朦胧〔4〕。

【注释】

〔1〕秋光：指菊影。潜度偷移：指阳光照射下菊

影在不知不觉中移动。

〔2〕描远近：灯光从窗户照射出去把菊影投在地上远近不同的样子。篱筛破月：篱笆像筛子一样把透过的月光分割成一块一块的影子。锁玲珑：罩住菊花玲珑好看的影子。

〔3〕寒芳：指菊花。驻：停留。霜印：霜上的菊影。

〔4〕休踏碎：不要踩碎（菊影）。朦胧：模糊不清的菊影。

【译文】

秋天的阳光下菊花的影子重重叠叠，随着太阳的移动也在不知不觉地移动。夜晚从窗户照出的灯光把菊花的影子投在地上像描画的一样，穿过篱笆的月光也好像罩着菊影。我的灵魂真应该停在菊影照过的地方，霜地上的菊影虽然传神却像梦境一样终究是一场空。爱惜珍重菊花连她的影子都不忍踏碎，谁又能在醉眼模糊中看清楚菊影呢。

【赏析】

这首诗是史湘云作的。诗人爱屋及乌，由爱惜菊花深入到爱惜菊花的影子，极其传神地描写了菊花在阳光下、灯光下、月光下的各种不同形象，颇有一种吟风弄月的意味，却又和吟风弄月的格调大不相同。因为影子本来就是虚幻的形象，并不能对现实生活有任何帮助，所以我们可以这样认为，史湘云理想中的幸福生活是像影子一样虚幻的，或者说是转瞬即逝的。“寒芳留照魂应驻，霜印传神梦也空”一联显然是在暗示她后来凄凉的命运。无论多么美好的影子终归像梦境一样同属水中之月、镜中之花，终归是要破灭的，而人世间的一切富贵繁华又何尝不是如此！

菊　梦

潇湘妃子

篱畔秋酣一觉清，和云伴月不分明。
登仙非慕庄生蝶，忆旧还寻陶令盟〔1〕。
睡去依依随雁断，惊回故故恼蛩鸣〔2〕。
醒时幽怨同谁诉，衰草寒烟无限情〔3〕。

【注释】

〔1〕庄生蝶：典出庄周梦中化蝶故事。庄生，即庄周，又叫庄子。忆旧：怀念过去。陶令盟：与陶渊明那样的隐士结为盟友。

〔2〕依依：留恋不舍。随雁断：（梦境）随着归雁的远去而中断。故故：常常，时时。恼蛩鸣：对蟋蟀的鸣叫感到烦恼。

〔3〕衰草寒烟：秋天的枯草和冷烟，表示凄凉的秋景。

【译文】

篱笆旁边的秋菊一觉睡去梦境清幽，梦中似乎和月亮在云朵中飞翔却又不甚分明。梦入仙境并不是羡慕庄生化为蝴蝶，因为怀念过去而找寻像陶渊明一样爱菊的盟友。梦境已随着归雁远去而中断，却还留恋不舍，不由得对惊醒幽梦的蟋蟀鸣叫声感到烦恼。醒来后心里的哀怨又向谁诉说，只剩下衰草寒烟这凄凉的秋景。

【赏析】

这首诗是黛玉作的。全诗用拟人化的手法写菊花的梦境，实际上是写黛玉自己梦幻般的情思，带有明显的谶语的意味。“和云伴月”的意境虚空缥缈不可捉摸；“登仙”又是死亡的婉称；“依旧还寻陶令盟”则是对“木石前盟”的强调；“雁断”“惊回”更是处处透露着凄凉颓败的不祥气息。最后一句把对江南故乡的无限深情归结为一片“衰草寒烟”的悲凉景象，让人感受到一种魂牵梦绕却又无可奈何的锥心之痛。故乡渺不可见，婚姻无法预料，这正是对黛玉个性特征和命运安排的真实写照，也是曹雪芹对“人生如梦”所发出的强烈感慨。

残　　菊

蕉下客

露凝霜重渐倾欹，宴赏才过小雪时[1]。
蒂有余香金淡泊，枝无全叶翠离披[2]。
半床落月蛩声病，万里寒云雁阵迟[3]。
明岁秋风知再会，暂时分手莫相思[4]。

【注释】

〔1〕露凝霜重：指晚秋时露冷霜寒。倾欹：歪斜。

〔2〕金淡泊：菊花金黄的颜色渐渐变淡。离披：散乱的样子。多用来形容草木枝叶纷落。

〔3〕半床落月：残月斜照着半个床帏。蛩声病：因为天气寒冷，蟋蟀的鸣叫声也衰弱无力。雁阵迟：雁队飞行缓慢。

〔4〕再会：又一次相会。

【译文】

在寒露严霜越来越重的时候菊花花枝渐渐倾斜，宴饮赏菊才过又到了小雪节气。花托上的花瓣还没有落完，颜色却渐渐浅淡，枝头的叶子渐渐凋落，留下的也显得散乱纷披。一轮残月半照在床前，蟋蟀的叫声也渐渐微弱，寒云密布的天空中雁队飞行也变得缓慢。明年秋天还一定会相见，暂时分手请不要过分相思。

【赏析】

这首诗是探春作的。宝钗认为这首诗能够“总收前题之盛”，也从某种程度上说明全书是以“盛”开始，以“残”作结的。当然，这首诗不可避免地带有探春的个人色彩。“枝无全叶”暗示贾家的离散；“万里寒云”暗示探春远嫁的凄冷；“暂时分手”分明又是“从今分两地，各自保平安”的同义语；尾联故作旷达，不过是诗人一种无可奈何的自我安慰罢了。花残花谢之时已到，人去园空为时不远，这才是曹雪芹在书中安排这十二首咏菊诗的深意所在。总观这十二首咏菊诗，读者不难发现，这里有一个由盛转衰、由实转虚的暗线。“访”“种”“对”“供”“咏”“问”“簪”都是从实处描写菊花迎风冒霜盛开的种种情状；而“画”“影”“梦”“残”对菊花的描写渐渐转为虚幻和败落，这表明了以贾府为代表的封建社会最终不能逃脱像菊花一样败落的客观规律。

咏螃蟹诗三首

其一

贾宝玉

持螯更喜桂阴凉，泼醋擂姜兴欲狂[1]。
饕餮王孙应有酒，横行公子却无肠[2]。
脐间积冷馋忘忌，指上沾腥洗尚香。
原为世人美口腹，坡仙曾笑一生忙。

【注释】

〔1〕持螯：拿着蟹钳，也就是吃螃蟹。典出《世说新语》。擂姜：捣烂生姜。

〔2〕饕餮（tāo tiè）：本是古代传说中一种贪吃的兽，后来常用来形容贪馋好吃的人。王孙：王者的后代，也泛指贵族子弟。这里是宝玉对自己的戏称。横行公子：螃蟹，又称“横行介士”“无肠公子”。

【译文】

在桂树的荫凉下手持螃蟹大吃大嚼，在捣碎的生姜中泼上醋作为调料让人兴起欲狂。贪图吃喝的王孙吃着蟹肉还想着美酒，横行霸道的螃蟹却没有心肠。我馋得竟然忘了蟹脐间积聚着太多的寒气，手指上沾的蟹腥味洗过后还留有余香。你生来只是为了满足人们的口腹之欲，东坡居士也曾经自嘲一生只为了吃饭而奔忙。

【赏析】

这首诗是宝玉在评完咏菊诗后作的幽默诗。由于这次不是别人出题和限韵，没有束缚的宝玉得以充分发挥自己的才能。和宝玉前面的咏菊诗相比，这首诗的比喻更加贴切，感情更加强烈，意义也更加深刻。诗句通过描写宝玉吃蟹时情意酣畅、手舞足蹈的狂态，表现了宝玉富贵闲人的情趣。全诗幽默风趣，大有隐士风度，某种程度上也反映了宝玉的个性特点。像用“饕餮王孙”自嘲，用“横行公子”嘲笑螃蟹，既令人忍俊不禁，又发人深思。尾联用苏东坡的典故，一方面是一种自我解嘲，另一方面也是对封建社会里人们为了蝇头微利、蜗角虚名而争斗不绝的一种嘲笑和讽刺。

其　二

林黛玉

铁甲长戈死未忘，堆盘色相喜先尝[1]。
螯封嫩玉双双满，壳凸红脂块块香[2]。

多肉更怜卿八足，助情谁劝我千觞[3]？
对斟佳品酬佳节，桂拂清风菊带霜[4]。

【注释】

〔1〕铁甲长戈：比喻蟹壳和蟹钳。蟹壳犹如铁甲，蟹钳犹如长戈。色相：颜色和形状。佛家指一切有形之物，这里借用来说螃蟹煮熟后颜色好看。

〔2〕嫩玉：比喻蟹肉嫩美如玉。红脂：形容蟹黄的肥美。

〔3〕怜：喜爱。八足：螃蟹实际上六条腿，也有人认为它的螯是足的变形，所以说八足。荀子《劝学》："蟹六跪而二螯，而无栖身之地。"觞：酒杯。千觞，形容饮酒之多。

〔4〕桂拂清风：即"清风拂桂"。

【译文】

铁甲长戈的雄风死去犹不能忘记，堆在盘中颜色好看幸喜我先品尝。蟹螯之内肉嫩如玉双双全都填满，壳里面的蟹黄像红脂一样块块香甜。真喜欢螃蟹有八条多肉的长腿，谁能来助兴劝我饮酒千杯？面对这样的美味佳肴正好没有辜负重阳佳节，清风吹拂着身边的桂树，菊花带着秋霜开放。

【赏析】

这首诗是林黛玉写的。三首咏螃蟹诗中，黛玉和宝玉的格调是一致的，对螃蟹的横行无忌是持赞

扬态度的。这和他们自己本身同封建社会格格不入的个性特点密切相关。黛玉热情地赞颂螃蟹“铁甲长戈死未忘”的战斗精神，也是对自己执著追求爱情、至死不渝的宣告。宝黛爱情是建立在对封建社会的共同叛逆的基础之上的，那么可以看出，黛玉不仅有多愁善感的、柔弱的一面，而且有坚强不屈的、战斗的一面。

其　三

薛宝钗

桂霭桐阴坐举觞，长安涎口盼重阳[1]。
眼前道路无经纬，皮里春秋空黑黄[2]！
酒未敌腥还用菊，性防积冷定须姜[3]。
于今落釜成何益？月浦空余禾黍香。

【注释】

〔1〕霭：云气。桂霭，桂花的香气。长安涎口：京都里的馋嘴。《红楼梦》中未曾有直书地名的地方，但多处用长安代称京都。

〔2〕经纬：织物上的纵线和横线。这里指道路的

纵横。皮里春秋：典出《世说新语》。晋代因为避简文宣太后的名讳，改为“皮里阳秋”。黑黄：活蟹的膏有黄黑不同的颜色。指白白地玩弄阴谋诡计。

〔3〕敌腥：抵消腥气。菊：菊花酒，传说重阳节饮用菊花酒可以辟除邪气。性防积冷：蟹性寒，食用时要防积冷于腹。

【译文】

桂花飘香的时节坐在桐阴下举杯饮酒，都城内的人们流着口水盼望重阳节的到来。螃蟹眼前的道路分不清纵横，有些人暗中褒贬别人不过是信口雌黄。仅仅饮酒不能抵消螃蟹的腥气，还要加上菊花才行，为了提防蟹肉性冷聚集腹中一定要有生姜做佐料。（往日的横行霸道）对今天落到锅里被蒸煮有什么好处呢？那月光照耀下（螃蟹被捕尽）的水滨只留下稻谷的清香。

【赏析】

这首诗是宝钗作的。三首咏螃蟹诗中唯有这一首极尽讽刺之能事。从对待螃蟹的态度上也可以看出宝钗同宝玉、黛玉二人的人生观是大相径庭的。难怪众人评论道：“这是食螃蟹绝唱！这些小题目，原要寓大意，才算是大才——只是讽刺太毒了些！”点出了这首诗是以小寓大的，这也是这首诗同宝、黛玉二人所作不同的重点。在宝钗甚至还有众人看来，宝、黛二人所作不过是饭罢闲吟的儿女情怀，这首诗才是骂尽诸多野心家和伪君子的绝妙之笔。尤其是“眼前道路无经纬，皮里春秋空黑黄”一联，把小说中像贾雨村之流惯于搞阴谋诡计的野心家刻画得惟妙惟肖。尾联笔锋一转，指出任何心怀叵测、横行霸道、机关算尽的人，最终都逃脱不了灭亡的下场。难怪连宝玉都说：“骂得痛快！我的诗也该烧了。”有的人认为这首诗和宝钗一贯地做人为文风格不相吻合，说是宝钗酒后失态，藏头露尾，但笔者以为这是箭在弦上，不得不发。况且小说中的一切诗文都是曹雪芹假借人物之口而为之，我们又怎么能对小说中的人物求全责备呢？

探春房内对联

烟霞闲骨格，泉石野生涯[1]。

【注释】

〔1〕这是第四十回探春房内的对联，书中说这是唐代大书法家颜真卿的墨迹，中间是宋代米芾的《烟雨图》。烟霞：指山野中的雾气和云霞。骨格：人的品质、风格，也可以理解为米芾《烟雨图》的绘画风格。泉石：泉水和岩石。野：放浪不羁的生活态度。生涯：即生活。

【译文】

品性闲散好比山中的云霞，以泉水和山石作伴过着质朴的生活。

【赏析】

封建社会的一部分知识分子时常处于出世和入世的两难选择之间。于是一方面在朝中做官，一方面又喜欢把“山”“野”等词用于自己的雅号之中。既是他们一种清高的表示，也可能是对社会现实的不满，或者是对归隐山林、笑傲江湖的泉石生涯的向往。海棠结社时探春取了一个雅号，叫作“蕉下客”，就表现了探春从小深受这种教育影响的一面。这幅对联出现在这里，更多的是对探春志向不俗、抱负远大的强调，同时也呼应了探春招宝玉等人海棠结社帖子中“（宝玉）以真卿墨迹见赐”“窃同叨栖于泉石之间”的句子。由此对《红楼梦》全书结构的严密可见一斑。

第四十回酒令诗

日边红杏倚云栽〔1〕

【注释】

〔1〕语出第四十回史湘云行令。语出唐代高蟾《下第后上永崇高侍郎》诗：“天上碧桃和露种，日边红杏

倚云栽。芙蓉生在秋江上，不向东风怨未开。”封建士大夫常以天、日来比喻皇帝，用雨露来比喻皇帝的恩泽。高蟾在这首诗里以芙蓉自况，借碧桃和红杏来比喻得到皇帝宠幸的显贵。

【译文】

太阳边上的红杏树靠着云朵栽种。

【赏析】

高蟾的原诗抒发的是一种封建知识分子志不得伸的牢骚和愤懑之情。史湘云在这里化用其意，把自己比作秋江上风吹雨打的芙蓉，既是说自己生不逢时、家道中落，不比大观园里诸姊妹锦衣玉食、乐以忘忧，又是对自己好不容易嫁了一个知冷知热的丈夫、夫妻恩爱却不能长久的悲凉身世和寂寞结局的发泄。

处处风波处处愁[1]

【注释】

〔1〕语出第四十回薛宝钗行令。语出明代唐寅《题画》诗二十四首之三：“芦苇萧萧野渚秋，满蓑风雨独归舟。莫嫌此地风波险，处处风波处处愁。”

【译文】

到处都是狂风和波浪，到处都让人愁绪满怀。

【赏析】

这句诗实际上可以看作宝钗对自己一生命运的自况。宝钗幼年丧父，哥哥薛蟠又不成器，为了争夺香菱而打死人命，不得不远离家乡避祸。薛蟠婚后妻子夏金桂终日撒泼混闹，搞得家无宁日。宝钗虽然嫁给了宝玉却并没有获得宝玉的爱情，落了一个独守空房、寂寞孀居的结果。在贾府败落以后，甚至不得不寄居于袭人的篱下。由此可以看出，宝钗的一生可谓是“处处风波处处愁”。

良辰美景奈何天〔1〕

【注释】

〔1〕语出第四十回林黛玉行令。语出明代戏剧家汤显祖《牡丹亭·惊梦》。原句是：“良辰美景奈何天，赏心乐事谁家院。”良辰美景：美好的节令和景物。典出谢灵运《拟魏太子邺中集诗序》：“天下良辰、美景、赏心、乐事，四者难并。”

【译文】

美好的节令和景物，无可奈何的天命。

【赏析】

因为《牡丹亭》和《西厢记》等书中有反对封

【月曼清游图】绢本 局部 [清] 陈枚 故宫博物院藏 59-5

【月曼清游图】绢本 局部 ［清］陈枚 故宫博物院藏 59－5

建婚姻制度和旧礼教的倾向，所以向来被封建统治者列为禁书，被道学先生目为“淫书”。林黛玉行酒令时因为怕罚而紧张，不小心说出《牡丹亭》和《西厢记》中的句子。宝钗听到后回头看着她，这实际上告诉读者，说者无心，听者有意。宝钗不仅也读过《牡丹亭》之类的书，而且相当熟悉。这在第四十二回“蘅芜君兰言解疑癖”中通过宝钗之口得到证实。

桃花带雨浓〔1〕

【注释】

〔1〕语出第四十回贾迎春行令。语出唐代李白《访戴天山道士不遇》诗：“犬吠水声中，桃花带雨浓。”

【译文】

雨后未干的桃花显得分外浓艳。

【赏析】

迎春这一句诗和她要比拟的牌点色不像，“浓”和上一句的“九”又不协韵，所以被众人罚酒。从此可以看出，迎春不仅性格懦弱内向，而且也不善于猜行酒令这一类的娱乐活动。

代别离·秋窗风雨夕[1]

秋花惨淡秋草黄，耿耿秋灯秋夜长[2]。已觉秋窗秋不尽，那堪风雨助凄凉。助秋风雨来何速，惊破秋窗秋梦绿。抱得秋情不忍眠，自向秋屏移泪烛。泪烛摇摇爇短檠，牵愁照恨动离情。谁家秋院无风入，何处秋窗无雨声？罗衾不耐秋风力，残漏声催秋雨急[3]。连宵脉脉复飕飕，灯前似伴离人泣。寒烟小院转萧条，疏竹虚窗时滴沥。不知风雨几时休，已教泪洒窗纱湿。

【注释】

〔1〕这首诗出自第四十五回黛玉病卧潇湘馆，听雨读书，“不觉心有所感”，写成这首《秋窗风雨夕》。

〔2〕耿耿：灯光不够明亮，指人心绪烦躁不安。

〔3〕罗衾：用轻软柔和的丝绸做成的被褥。残漏：将尽的漏声，意为天快亮了。

【译文】

秋天的花儿惨淡，草儿枯黄，昏黄的灯光下夜晚显得格外漫长。已经感觉到窗外的秋色没有尽头，哪里还能够忍受凄风冷雨来增添凄凉。助长秋意的风雨来得如此迅速，打破了我在窗前幽梦中的一片葱绿。我满怀秋天的伤感难以入眠，独自向屏风旁移动流泪的蜡烛。烛台上的蜡烛摇摇晃晃地燃烧，不由惹起我满腔的愁恨和思乡之情。有哪一家的庭院此时没有秋风吹过，又有哪一家的窗前此时没有秋雨沙沙？温软的被褥抵挡不住越来越强劲的秋风，深夜的漏声仿佛在催促秋雨更加急骤。一夜的秋风秋雨不绝于耳，好像陪伴灯前远离家乡的人在哭泣。烟雨迷蒙的小院渐渐萧条起来，寂寞的窗前只听见雨打竹叶的滴沥声。不知道这凄风苦雨什么时候才能停止，我的泪水却早已经打湿了窗纱。

【赏析】

这是一首模仿唐代诗人张若虚《春江花月夜》的歌行体诗歌。全诗用了十五个“秋”字，着力渲染了秋天肃杀、凄苦的气氛，表现了林黛玉在风雨交加的秋夜，孤独寂寞而又悲凉的心绪，读来让人肝肠寸断。诗题《代别离》是全诗的文眼所在，别离既有远离家乡的别离之情，又有青年男女的别离之思。说黛玉“不觉心有所感”，感

的就是远在江南的故乡渺不可及，人生大事不知道如何结果。所以也可以说这首诗是黛玉对自己凄凉命运的预感。黛玉刚刚写完搁笔，宝玉就来探望，正是暗合“风雨故人来”之意，可以让黛玉孤苦的心得到一点点慰藉。黛玉先说宝玉像渔翁，继而又说自己像“画”上的渔婆。刚一说完，便“羞得脸通红”。脂砚斋批曰：“妙极之文！使黛玉自己直说出夫妻来，却又云‘画的’‘扮的’；本是闲谈，却是暗隐不吉之兆，所谓‘画中爱宠’是也。谁曰不然？”这一批语，可以帮助读者更加深刻地理解林黛玉写作此诗时的复杂心情和曹雪芹如此安排的良苦用意。

咏月三首

其一

月挂中天夜色寒，清光皎皎影团团。
诗人助兴常思玩，野客添愁不忍观[1]。
翡翠楼边悬玉镜，珍珠帘外挂冰盘[2]。
良宵何用烧银烛，晴彩辉煌映画栏。

其　二

非银非水映窗寒，试看晴空护玉盘。
淡淡梅花香欲染，丝丝柳带露初干。
只疑残粉涂金砌，恍若轻霜抹玉栏。
梦醒西楼人迹绝，余容犹可隔帘看。

其　三

精华欲掩料应难，影自娟娟魄自寒。
一片砧敲千里白，半轮鸡唱五更残。
绿蓑江上秋闻笛，红袖楼头夜倚栏。
博得嫦娥应借问，何缘不使永团圆。

【注释】

〔1〕野客：山野之人，没有功名的知识分子。不忍：没有心情。

〔2〕翡翠、珍珠：为了措辞华丽而用的修饰词，并不是真的用翡翠为楼，珍珠作帘。

【译文】

其　一

月亮挂在中天，夜色中透出一丝寒凉，月光清冷皎洁月亮圆圆。诗人们为了增添诗兴常思赏玩，远离家乡的人却害怕惹起思乡的愁思而不忍心观看。团圆洁白的月亮就像在翡翠楼边悬挂的一面玉做的镜子，又好像是珍珠帘外悬挂的一只冰做的盘子。美好的夜晚何必再点燃蜡烛，晴朗的月光辉煌灿烂已经照亮了彩绘的栏杆。

其　二

洁白的月光照在窗前，不是银色也不是水色却让人感到一丝微寒，再看看万里晴空托着一轮白玉盘般的明月。（月光下）淡淡的梅花香气让人陶醉，（月光照在）柳枝上好像露水刚刚吹干。（月光照在）金色的台阶上好像敷了一层薄粉，照在彩绘的栏杆上又好像落了一层轻霜。一觉醒来西楼外已经没有了人迹，隔着珠帘还可以看到一弯即将落下的残月。

其　三

云雾想要遮掩住明月的光华想来一定很难，月色那么美好，质地又是那么清寒。月光在一阵阵捣衣声中普照千里，在五更天雄鸡报晓的时候只剩下了半轮残月。披着蓑衣的离人在江边听着笛声思念家乡，忧愁的女子也在楼头倚靠着栏杆想念丈夫。面对这样情景连嫦娥也不禁要问：为什么不能够让天下的有情人永远团圆？

【赏析】

这是第四十八、四十九回中香菱跟黛玉学诗时所做的三首咏月诗。香菱本是甄士隐的女儿甄英莲，也是一个从小娇生惯养、颇有才气的女子。只是后来在元宵节走失，被人贩子卖给薛蟠做妾。她学诗时意志坚定，即使在受到挫折的情况下也毫不气馁，日夜苦吟，连梦里也在作诗。我们说香菱的命运又何尝不是一首日夜苦吟的诗。我们还可以把香菱努力学诗看作是她力图改变命运所做的奋斗。

这三首诗的第一首是香菱初学作诗，想象力比较贫弱，用词也俗套，用诸如“悬玉镜”“挂冰盘”之类直白的语言入诗，缺乏新鲜感，被黛玉批评说“措词不雅”。第二首比第一首略有进步，像“梦醒西楼”

一联，已经颇具诗味。但是“只疑残粉”一联又显得牵强和生硬，所以被黛玉批评为“过于穿凿。”

第三首诗是较为成功的一首诗。比起前两首来，意境开阔了许多。由天上写到地下，由身边联想到千里之外，甚至连嫦娥也不禁要为人间的别离发问了，形成了一个完整的意境和思想。所以黛玉称赞道：“这首不但好，而且新巧有意趣。可知俗话说：天下无难事，只怕有心人。”同时，第三首诗还隐喻了香菱的身世和命运。“精华欲掩料应难”分明是说香菱的聪明才华总要表现出来；“影自娟娟魄自寒”又分明是说香菱的出身并不下贱，不仅容貌美好而且品质高洁；最后一联又借嫦娥之口，对自己颠簸流离的命运发出愤慨的反问。

咏红梅花（得红字）

邢岫烟

桃未芳菲杏未红，冲寒先已笑东风。
魂飞庾岭春难辨，霞隔罗浮梦未通[1]。
绿萼添妆融宝炬，缟仙扶醉跨残虹[2]。
看来岂是寻常色，浓淡由他冰雪中[3]。

【注释】

〔1〕庾岭：南方的大庚岭，以产梅著称。罗浮：山名，在广东省境内，风景秀丽，为粤中名山。

〔2〕绿萼：萼绿色的梅花称为“绿萼梅”，这里指代仙女萼绿华。添妆：穿上红装。融宝炬：点燃的红烛。炬，蜡烛小者谓烛，大者谓炬。缟仙：白衣仙子，指白雪装点的花枝。扶醉：趁着酒醉。残虹：将要消逝的霓虹。

〔3〕寻常：平常，一般。

【译文】

桃花和杏花尚未开放的时候，梅花已经冒着严寒在东风中绽放。见到红梅花我好像魂魄飞到了大庚岭一样分辨不清冬春，彩霞一样的花色与罗浮山的白梅又不相同。绿梅花在红烛的衬托下好像穿上红装的萼绿仙子，白雪装点的花枝好像酒醉的仙女跨上快要消逝的彩虹。看来这真是不同寻常的颜色，浓妆淡抹总相宜地开放在冰雪之中。

【赏析】

这是芦雪庵联句后，宝玉往栊翠庵向妙玉讨得红梅花，众人作的一组咏红梅诗。这组诗除了揭示邢岫烟等人的不同身份、个性和命运外，似乎并无其他深意。邢岫烟拈得“红”字韵。邢岫烟是一个出身贫寒，循规蹈矩的女子。这首诗也写得规规矩矩，反复吟咏红梅花的“红”，内容空泛平淡，纯粹为咏梅花而写梅花，并没有什么深刻的特殊含义。但读者可以从字里行间隐约看出邢岫烟平素甘于淡泊、随遇而安的生活态度。

咏红梅花（得梅字）

李　纹

白梅懒赋赋红梅，逞艳先迎醉眼开[1]。
冻脸有痕皆是血，酸心无恨亦成灰[2]。
误吞丹药移真骨，偷下瑶池脱旧胎。
江北江南春灿烂，寄言蜂蝶漫疑猜[3]。

【注释】

〔1〕逞：舒展，显露。

〔2〕成灰：梅花终究要凋落，化为尘灰。唐代李商隐《无题》诗："春心莫共花争发，一寸相思一寸灰。"

〔3〕寄言：奉告。

【译文】

不愿意歌颂白梅而吟咏红梅花，为了显示艳丽的姿色迎着我似醉眼开放。鲜红的颜色好似冻脸上的滴滴鲜血，孕育梅子的花蕊纵然没有怨恨也难免化成土灰。莫非是她误吞了丹药而变换了骨格，又莫非她是偷下瑶池的碧桃脱去了原形。大江南北因

为梅花的盛开而春光灿烂，奉告蜜蜂和蝴蝶不要把梅花当作桃李来猜疑。

【赏析】

这首诗是李纨的妹妹李纹作的。从“冻脸有痕皆是血，醉心无恨亦成灰”一联来看，以血形容梅花之艳，令人感到心酸。似乎李纹也是一位薄命的红颜，也有一段不同寻常的悲惨遭遇，但书中没有明确写出，只能靠读者猜测了。从尾联“寄言蜂蝶”等语中，又可见其自恃节操，同李纨有着颇为相似的怀抱，这大概是家族的教育环境所造就的。当然，这首诗同前一首一样，艺术价值并不高。

咏红梅花（得花字）

薛宝琴

疏是枝条艳是花，春妆儿女竞奢华[1]。
闲庭曲槛无余雪，流水空山有落霞[2]。
幽梦冷随红袖笛，游仙香泛绛河槎[3]。
前身定是瑶台种，无复相疑色相差[4]。

【注释】

〔1〕竞奢华：争奇斗艳。

〔2〕闲庭：清静的庭院。余雪：比喻白梅。

〔3〕红袖：代称女孩子。绛河：传说中在日南十万多里，波如绛色，是仙界之水。槎：木筏。

〔4〕瑶台种：仙界的品种。无复：不必。

【译文】

稀疏的枝条上开放着鲜艳的梅花，如同穿着春妆的女儿比赛漂亮和豪华。清静的庭院里和曲折的栏杆旁看不到白梅，流水潺潺的空山里却有红梅像落霞一样鲜艳。一场寂冷的幽梦伴随着女孩儿的笛声飘向远方，真好像冶游的仙子泛槎绛河。红梅的前身一定是瑶台的仙种，又何必怀疑颜色有所差异。

【赏析】

这首诗是薛宝琴作的。宝琴是一位像宝钗一样出身皇商家庭，又容貌出众、才华过人的女子。这首诗与前面邢、李二人的诗相比较，不仅充满了豪华气息，而且语句更为流畅瑰丽，想象力更加新奇丰富，意境也显得开阔。其中“游仙”“瑶台”等句暗暗呼应太虚幻境里的人物，应当在曹雪芹后四十回的原稿中有所反映，读者不可忽视。

访妙玉乞红梅

贾宝玉

酒未开樽句未裁，寻春问腊到蓬莱[1]。
不求大士瓶中露，为乞嫦娥槛外梅。
入世冷挑红雪去，离尘香割紫云来。
槎枒谁惜诗肩瘦，衣上犹沾佛院苔[2]。

【注释】

〔1〕开樽：开始喝酒。樽，盛酒的器具。裁：推敲，定夺。腊：腊梅。

〔2〕槎枒：原指梅花枝丫纵横、杂出不齐的样子。这里用来形容人的瘦弱。诗肩瘦：形容诗人苦吟时耸肩的样子。宋代苏轼《是日宿水陆寺》：“遥想后身穷贾岛，夜寒应耸作诗肩。”佛院苔：栊翠庵的青苔。

【译文】

酒樽尚未打开，诗句也还没有剪裁，为了寻找腊梅到蓬莱来闻讯。不是来讨求观音大士净瓶中的甘露，只是为了乞求嫦娥槛外的梅花。为了折几枝寒梅到人世间去，才离开凡尘到这里来（乞讨梅花）。有谁怜惜我这瘦骨嶙峋的诗人，衣襟上还沾着佛院的青苔。

【赏析】

芦雪庵联句时，宝玉说他自己“不会联句”，又怕“韵险”等，并不是由于他才思鲁钝，而是他的性格不喜欢那些人为的形式上的束缚。这一次在没有诸多限制的情况下，湘云的“鼓”尚未绝，而宝玉的诗已成。并且，这首诗章法布局层次清晰；遣词造句清新雅致，不落别人窠臼，借用前人的词而自出新意，处处流露出宝玉的聪明才智和放荡不羁的叛逆性格。“入世”“离尘”的句子让人不得不联想到宝玉的来历和归宿；“不求”“为乞”两句又表明宝玉最后的出家并不是为了修仙成佛，而是对现实生活的逃避。诸如此类，都在艺术效果上增强了全书情节结构的严密性。

点　绛　唇[1]

史湘云

溪壑分离，红尘游戏，真何趣[2]？名利犹虚，后事终难继[3]。

【注释】

〔1〕第五十回史湘云听完众人的谜语，说她做了一支谜语让大家猜。只有宝玉一下子猜中了谜底，原来是耍的猴儿。

〔2〕红尘：人世间。

〔3〕名利：功名利禄。

【译文】

离开山间的流水和沟壑，被捉到世俗社会供人玩耍，又有什么意思呢？（戴着官帽，穿着官袍）不过是虚无的名利，可惜身后的事情没有人来继承。

【赏析】

这出谜语的意思是猴子被人捉住后就离开了山林，被带到闹市供人玩耍；它所扮演的文臣武将，不过是虚假的富贵荣华而已。众人都没有猜着，唯独宝玉一猜就中，说明宝玉对人世间名利皆虚的深刻认识和对后来贾府的家业无人继承的预见，也包含有贾府败落后“树倒猢狲散”的意思。何况宝玉原本就是女娲补天剩下的一块顽石，人世间的一切经历对他来说不过是一场游戏而已。这出谜语同时也暗示了宝玉最后出走为僧、万事成空的结局。

灯谜诗三首

其　一〔1〕

薛宝钗

镂檀锲梓一层层，岂系良工堆砌成〔2〕？
虽是半天风雨过，何曾闻得梵铃声〔3〕！

【注释】

〔1〕第五十回结尾时宝钗所作诗谜。

〔2〕镂檀锲梓：镂和锲都是雕刻的意思，檀和梓都是贵重的木材名。良工：技艺精湛的工匠。

〔3〕梵铃：佛塔上悬挂的铃铛，称为梵铃。

【译文】

一层又一层用檀木和梓木雕刻而就，（精巧的程度达到极致）怎么能是技艺精良的工匠堆砌成的？尽管半空中风来雨往，又何曾听到梵铃的声音。

【赏析】

这首诗谜有的人猜谜底是纸鸢，也有人猜是松球。笔者以为这几首诗谜和下文中的怀古诗一样，具体的谜底倒不是十分重要，重要的是他们所要表达的思想和寓意。宝钗为人精细玲珑，不着痕迹，这首诗谜也和她的为人一样，让人难以琢磨。不过从字面上来看，梵铃是佛教寺院宝塔上的东西，应当和宝玉出家导致宝钗婚后凄凉寂寞的生活有着一定的联系。

其 二

贾宝玉

天上人间两渺茫，琅玕节过谨提防[1]。
鸾音鹤信须凝睇，好把唏嘘答上苍[2]。

【注释】

〔1〕天上人间：这里指生死相隔。琅玕（láng gān）：本意是青色的玉石，这里指竹林。

〔2〕鸾音鹤信：仙界传来的消息。鸾和鹤是传说中的仙鸟。凝睇：凝目注视。唏嘘：叹息的声音。上苍：上天。

【译文】

人天两隔音信渺茫难以知晓，过了竹子生长的最佳季节就要小心提防。鸾鹤送来仙界的信息时凝目相对，用一片唏嘘的叹息声来回答上天。

【赏析】

宝玉这首诗谜哀悼黛玉的寓意比较明显，第一句便用人天永隔提示宝黛二人的生离死别。黛玉雅号“潇湘妃子”，诗中就用琅玕来比喻竹子这种潇湘馆特有的东西。“鸾音鹤信”本是死亡的婉辞。“唏嘘”乃是因为感情激荡而发出的叹息声。这首诗的谜底有人猜是“纸鸢之带风筝者”（周春），有人猜是风筝琴（王希廉），不过是猜猜而已。

其　三

林黛玉

騄駬何劳缚紫绳？驰城逐堑势狰狞[1]。
主人指示风雷动，鳌背三山独立名[2]。

【注释】

〔1〕騄駬（lù ěr）：周穆王的“八骏”之一，也写作騄耳、绿耳。紫绳：拴马的缰绳。驰城逐堑：跨越城池和壕沟。狰狞：凶猛的样子。

〔2〕风雷动：形容骏马奔驰之快，像风云一样迅疾。鳌背三山：即神话传说中的瀛洲、方丈、蓬莱三座神山。因为这三座神山随波漂动，天帝就派了十五只巨鳌来驮着它们。科举时代称考试的第一名为“独占鳌头”。

【译文】

騄駬这样的骏马哪里还用得着缰绳来约束？你看它跨越城池和壕沟是多么地威风。一旦有主人的命令，它便奔驰迅即如风，看来它要算是骏马中的第一名了。

【赏析】

这首诗谜是黛玉作的，有人猜谜底为走马灯。关于千里马的比喻可以有三种理解，第一种是传说周穆王曾经驾八骏见西王母，隐喻黛玉先宝玉而亡；第二种可以理解为黛玉的才华横溢，超绝众人，不是封建礼教所能束缚得住；第三种可以理解为黛玉对宝玉后来考中举人的暗示。至于三神山本是神仙居住的地方，再说黛玉前生乃是“世外仙姝寂寞林”，所以在人间没有立足之地，只有三神山所代表的仙境才是她最终的归宿。

咏怀古迹十首[1]

薛宝琴

赤 壁 怀 古

赤壁沉埋水不流，徒留名姓载空舟[2]。
喧阗一炬悲风冷，无限英魂在内游[3]。

【注释】

〔1〕这首连同以下的怀古诗共十首，出自第五十一回，为薛宝琴所作。

〔2〕徒留：古代战舰上树有书写将帅姓氏的旗帜。这里是说曹军兵败后，只剩下战舰上的旗帜，将士却不在了。

〔3〕喧阗（tián）：喧闹声大而且杂。一炬：一把火。这里指周瑜火烧赤壁。悲风：悲惨的风。典出《古诗十九首》：“白杨多悲风，萧萧愁杀人。”英魂：在赤壁之战中阵亡将士的灵魂。

【译文】

赤壁之战中阵亡将士的尸体和兵器阻断了长江的流水，空空的战舰上只剩下书有将帅姓氏的旗帜。喊杀声中的一把大火烧得曹军悲惨不堪，如今只剩下无数的英魂在江水中游荡。

【赏析】

怀古诗是一种以历史为题材、追昔伤今的诗歌形式。怀古的情绪是由于对现实的体察和伤感引起的。从这首诗所描写的气氛来看，似乎在暗示贾府后来遭遇的灾难。按照薛宝琴的话来讲，这首《赤壁怀古》和以下的几首怀古诗，都是诗谜。但是小说中只是称赞这几首诗谜“奇妙”，却并没有把谜底透露给读者。蔡义江先生认为这十首怀古诗是《红楼梦》的“录鬼簿”，第一首是总说，描写赤壁之战中曹军人马被杀得落花流水，象征贾、史、王、薛四大家族死亡累累的衰败过程。其余九首分别咏叹大观园内具有代表性的九位女子的不同命运，揭示“花柳繁华地，温柔富贵乡”的好景不会长久。而孙念祖先生则认为这十首诗是实实在在的谜语，并且猜出了相应的器物。这一首的谜底是“蚊子灯”。笔者以为他们的论述具有一定的代表性，对帮助读者更加深刻的理解《红楼梦》一书大有裨益，因此不惮词费，在这里将他们的观点加以复述。

交趾怀古〔1〕

铜铸金镛振纪纲，声传海外播戎羌。
马援自是功劳大，铁笛无烦说子房。

【注释】

〔1〕交趾：古郡名。公元前三世纪末，南越王赵佗侵占瓯貉后置交趾郡。汉武帝元鼎六年归汉，辖境大约相当于越南北部。

【译文】

马援凭借平定交趾和金城的叛乱振兴了东汉的法纪和纲常，威武的名声在海外广为流传。有汉一朝就数马援的功劳最大，又何必提说那以铁笛瓦解项羽军心的张子房。

【赏析】

这首诗一再强调东汉伏波将军马援南征北战的赫赫功勋，似乎和贾氏先祖的卓著战功有关。按照著名红学家蔡义江先生的“录鬼簿”论，这首诗是写贾元春的。“金镛”在这里是一种皇权的象征，“振纪纲”实际上是因为“纲纪不振”。又用马援在南征途中病死隐喻贾元春的暴死。而孙念祖先生认为这首诗的谜底是“喇叭”。首句点明谜底是铜制品，第二句说明其声音可以传到很远，第三、四句说明谜底是军中用来传达命令、召集队伍的重要用品。这样理解起来，这首诗也就成了一首绝妙的讽刺诗。

钟山怀古[1]

名利何曾伴汝身，无端被诏出凡尘。
牵连大抵难休绝，莫怨他人嘲笑频[2]。

【注释】

〔1〕钟山：即南京东北的紫金山。

〔2〕大抵：大概。休：停止，绝：断绝。频：多。

【译文】

功名利禄哪里曾经伴随过你，毫无来由地接受诏命来尘世做官。大概还是因为你名利之心难以彻底断绝，所以就不要抱怨他人频频的嘲笑了。

【赏析】

这首诗借南朝孔稚圭《北山移文》中周颙的故事讽刺了那些以清高自许，实际上难以割断名利之心的所谓隐士。历史上周颙其人并没有做过隐士，孔稚圭的文章不过是借题发挥而已。蔡义江认为这首诗是说李纨的。李纨青春丧偶，心如槁木死灰，后来母以子贵，所以诗中说“牵连大抵难休绝”。至于她成为别人嘲笑的对象，在“枉与他人作笑谈”的“红楼梦曲”中已经有所表现。孙念祖则认为这首诗谜的谜底是木偶戏中的木偶，以为木偶没有名利，又多为线牵引，供人娱乐。

淮阴怀古[1]

壮士须防恶犬欺，三齐位定盖棺时[2]。
寄言世俗休轻鄙，一饭之恩死也知[3]。

【注释】

〔1〕淮阴：秦代县名，即今江苏清江。西汉开国

功臣韩信原籍淮阴，先被刘邦封为齐王，后来徙为楚王，又降为淮阴侯。

〔2〕壮士、三齐：指韩信。盖棺：即盖棺论定。

〔3〕休轻鄙：不要小看像韩信那样当年贫贱的人。一饭之恩：韩信贫贱时，在江边打鱼，没有饭吃。一位漂母（洗衣的妇人）一连给他吃了几十天饭，后来韩信作了齐王，以千金来酬谢她。

【译文】

胸怀壮志的人也要提防坏人来欺侮，韩信做齐王时，刘邦就对他作出了定论。奉劝世人们且莫要鄙视那些贫贱的人，你看漂母的一饭之恩韩信到死都没有忘记。

【赏析】

这首诗字面上写的是“汉初三杰”之一的韩信。韩信少年时受人胯下之辱，后来辅佐刘邦创立汉业，官拜三齐王，位极人臣，但终不免未央宫中一死。蔡义江认为这首诗是借韩信来讽喻王熙凤的。王熙凤一度主持荣国府，协理宁国府，权倾一时、炙手可热，加上在外包揽词讼，放高利贷，简直可以说是“三齐”集于一身。秦可卿去世时曾经托梦给王熙凤，提醒王熙凤做事情不要太过分，须知“水满则溢、物极必反”的道理。可惜王熙凤没有听取，后来落得个短命的下场。诗的后两句是说，刘姥姥来贾府告借时，受尽王熙凤等人的轻鄙。谁料到后来多亏了刘姥姥，才把巧姐从火坑里救了出来。可见人生无常，难以预料。近代高僧弘一法师有联云“对失意人莫谈得意事；处得意日莫忘失意时”，诚为至言。孙念祖则认为这首诗的谜底是用以盛食品等物纳于棺中的“纳宝瓶”。

广陵怀古〔1〕

蝉噪鸦栖转眼过，隋堤风景近如何〔2〕？
只缘占得风流号，惹出纷纷口舌多〔3〕。

【注释】

〔1〕广陵：古郡名。隋时先称扬州，又改江都郡。

〔2〕蝉噪鸦栖：用大运河两岸柳树上的蝉和鸦来形容隋炀帝下江南的繁华景象。隋堤：隋炀帝大业三年开挖通济渠，渠宽四十步，两岸修筑御道，种植杨柳，后人称之为“隋堤”。

〔3〕只缘：只因为。风流：这里指隋炀帝南下扬州的淫奢行为。口舌：指后世人们对隋炀帝穷奢极欲的行径最终导致亡国殒身的议论。

【译文】

隋堤上当年知了鸣叫、乌鸦栖息的繁华景象转眼即逝，有谁知道如今的风景怎么样呢？隋炀帝只因为占得了一个风流皇帝的称号，才惹得后世人议论纷纷至今不绝。

【赏析】

这首诗追忆了隋炀帝当年下扬州的奢侈与豪华，一语未竟而笔锋一转，反问当年何等繁华的景象如今怎么样呢？最后把后人纷纷议论不休的原因归结为隋炀帝的风流淫侈。蔡义江认为这首诗咏的是晴雯，回过头再看全诗，和晴雯在怡红院中短暂的快乐生活以及“风流灵巧招人怨”的性格是吻合的。晴雯和宝玉“相与共处者，仅五年八月有奇”（见《芙蓉女儿诔》），所以诗中用“转眼过”来形容。陈毓罴、徐凤仪、孙念祖等人皆以为这首诗的谜底为“牙签”，陈先生甚至还引用清代何耳《柳木牙签》为证，其词云：“取材堤畔削纤纤，一束将来市肆筵。好待酒阑宾未散，和盘托与众人拈。”由此可知清代的牙签是用柳木制成的。又古代风流名士所用藏书标志也称牙签，作用类似于今天图书馆所用的书标。以上观点，聊以备考。

桃叶渡怀古[1]

衰草闲花映浅池，桃枝桃叶总分离[2]。
六朝梁栋多如许，小照空悬壁上题[3]。

【注释】

〔1〕桃叶渡：南京秦淮河与青溪合流的地方。

〔2〕衰草闲花：是说秋天的花草不茂盛。

〔3〕六朝：先后在建康（今南京）建都的吴、东晋、宋、齐、梁、陈六个朝代。梁栋：屋梁和柱子。这里比喻有才能、能为国家担当重任的大臣。小照：画像。题：题写。

【译文】

秋天的衰草和野花的倒影映在清浅的池塘，桃枝和桃叶总有分离的一天。六朝的达官贵人如此之多，不过是枉自多情在墙上的画像上题诗作赋。

【赏析】

这首诗说的是东晋书法家王献之和爱妾桃叶的别离故事。全诗的重心落在“别离”二字上，并没有多少浪漫色彩，却有一种难以排遣的忧愁和悲伤。蔡义江认为这首诗是隐喻贾迎春的。迎春离开大观园后，宝玉天天到迎春原来居住的地方“徘徊瞻顾”，“似有追忆故人之态”，并且作有《紫菱洲歌》。

再看“桃枝”和“桃叶”，又分明暗示宝玉和迎春的姊弟血缘关系。陈毓罴认为这首诗的谜底是“油灯”。孙念祖更进一步，认为谜底是“纱灯”，并说明桃枝暗示灯芯上之“拨子”，桃叶为桃叶形状之灯耳，即灯盏上手拿的地方。

青冢怀古[1]

黑水茫茫咽不流，冰弦拨尽曲中愁。
汉家制度诚堪叹，樗栎应惭万古羞[2]。

【注释】

〔1〕青冢：汉代王昭君的墓。在内蒙古呼和浩特市南。相传冢上草色如黛，故名青冢。

〔2〕樗栎（chū lì）：臭椿和柞树，旧时说它们是两种不成材的树，这里用来讽刺汉元帝的无能，不能安邦定国，却依靠和亲制度来维持边疆的安宁。暗中告诉读者，大观园中众女子的不幸遭遇，都是贾府的男人无能造成的。

【译文】

大黑河的水茫茫无边，呜咽着不情愿地向前流去，王昭君弹奏的琵琶声中充满了悲愁和哀怨。汉室朝廷的和亲制度让人扼腕长叹，樗栎一样不成材的汉元帝应该感到无尽地羞耻。

【赏析】

这首诗字面上描写的是汉代昭君出塞的故事。诗中充满了对昭君的同情和对汉元帝的讥刺。虽然历史上的昭君是自愿嫁到匈奴的，但是我们仍然不难想象王昭君做出这种选择的无奈和惆怅。蔡义江认为这首诗是说香菱的，昭君出塞暗喻香菱自幼被人拐卖而背井离乡。香菱嫁给的丈夫薛蟠又是一个善恶不分、一味横暴的“呆霸王”。再加上夏金桂的无理取闹和泼悍虐待，香菱如何能够活得下去。“汉家制度”可以理解为薛姨妈令人可笑的封建家法；“樗栎”分明又是指薛蟠之流不成器的男人。这首诗谜古今诸家皆猜谜底为木匠所用之“墨斗”，凡是知道墨斗的构造和作用的人，一定会为制谜者的构思精巧赞叹不已。

马嵬怀古〔1〕

寂寞脂痕渍汗光，温柔一旦付东洋〔2〕。
只因遗得风流迹，此日衣衾尚有香〔3〕。

【注释】

〔1〕马嵬：马嵬驿，也叫马嵬坡，在今天的陕西省兴平市马嵬镇。当年杨贵妃自缢的地方。

〔2〕脂痕：脂粉的痕迹。这里指杨玉环自缢时脸

上的脂粉被汗水所沾污。温柔：（杨玉环）平日的温顺柔媚。付东洋：付之东流，没有结果。

〔3〕风流迹：传说中杨贵妃留下的风流故事很多，这里是贬义。衣衾：杨贵妃的遗物，这里指马嵬驿的贵妃墓。香：传说杨贵妃身上能够散发出一种特别的香气。

【译文】

（杨贵妃临死时）寂寞凄惨的脸上汗水渍透了胭脂，留下点点泪痕，往日的温和柔媚都付诸东流，全然不念。只因为当日那些风流潇洒的故事，遗物上现在还留有如缕不绝的香气。

【赏析】

这首诗通过马嵬坡贵妃自缢的故事告诉读者，恩爱如唐玄宗和杨贵妃者，一旦面临重大变故，尚且不保，普通人就更不用说了。也正是《好了歌》中所说的“君生日日说恩情，君死又随人去了”。按照蔡义江先生的“录鬼簿”论，这首诗暗喻秦可卿。第一句是对秦可卿“淫丧天香楼”，悬梁自尽的传神描写；第二句是对秦氏“平日温柔和顺”的追念；第三句写贾宝玉在秦氏房中神游太虚幻境的事；最后一句写秦氏死后于

事无补的无限荣耀和王熙凤、宝玉等人对她的追思和怀念。孙念祖认为这首诗的谜底是“肥皂”，应该是非常恰当和贴切的。

蒲东寺怀古[1]

小红骨贱最身轻，私掖偷携强撮成[2]。
虽被夫人时吊起，已经勾引彼同行[3]。

【注释】

〔1〕蒲东寺：唐代元稹《莺莺传》和元代王实甫《西厢记》中所虚构的佛寺。因为在蒲郡之东，所以又称为蒲东寺。

〔2〕小红：指崔莺莺的婢女红娘。骨贱、身轻：即贱骨头。封建道学认为红娘地位鄙贱又无视封建礼教、富有叛逆精神，因而“生得骨头轻贱”。私掖偷携：指红娘暗中为莺莺和张生传递消息、牵线搭桥的事情。撮成：指红娘对莺莺和张生爱情的撮合。

〔3〕吊起：《西厢记》中有《拷红》一折，写莺莺的母亲郑氏为了逼问莺莺和张生的私情而拷打红娘，但并没有将红娘吊起的情节。这里大概是为了迁就谜底而说。

【译文】

小红娘虽然地位低贱身份轻微，还是暗中牵线搭桥撮合成了莺莺和张生的爱情。尽管事情败露后遭到崔老夫人的拷打，但是莺莺和张生已经相亲相爱，难以割舍。

【赏析】

这首诗通过描写《西厢记》中红娘的故事，表达了对像红娘一样地位低微的使女的同情之心。怀古诗在那个时代，以薛宝琴的身份，能够选择红娘作为吟咏的对象，是需要一定的勇气的。蔡义江先生认为这首诗暗喻的是金钏儿。“骨贱身轻”之语，即可以看成曹雪芹愤慨不平之语和对金钏儿地位卑微的说明，又可以看成宝琴人物身份所限的语言；“私掖偷携”分明是说金钏儿和宝玉私下的拉拉扯扯。或说金钏儿和宝玉的关系必有隐笔，从“不了情暂撮土为香”一回来看，当为可信。第三句暗示王夫人打了金钏儿一巴掌。最后一句可以看作书中对宝玉和金钏儿关系的隐笔。这首诗的谜底陈毓罴猜为“鞭炮”，孙念祖等人猜为“骰子”。因为骰子多为骨制，因而身轻，又一、三、五点为红色；第二句暗示骰子用于赌博的性质；第三句指玩骰子的方法；第四句指玩骰子时多用两个以上。

【月曼清游图】绢本 局部 ［清］陈枚 故宫博物院藏 59－6

【月曼清游图】绢本 局部 [清] 陈枚 故宫博物院藏 59-6

梅花观怀古〔1〕

不在梅边在柳边，个中谁拾画婵娟〔2〕？
团圆莫忆春香到，一别西风又一年〔3〕。

【注释】

〔1〕梅花观：明代汤显祖《牡丹亭》中的故事。

〔2〕“不在”句：杜丽娘死前在自画像上题诗曰：“近睹分明似俨然，远观自在若飞仙。他年得傍蟾宫客，不在梅边在柳边。”这一句暗藏柳梦梅的名字。个中：此中，其间。宋代苏轼《李欣画山见寄》：“平生自是个中人，欲向渔舟便写真。”画婵娟：美人的画像。这里指杜丽娘死前的自画像。

〔3〕团圆：指杜丽娘死而复生，同父母团聚。春香：杜丽娘贴身丫环的名字。西风：秋风。因为秋天多西风，所以古代又称秋风为西风。

【译文】

不在梅树这边而在柳树那边，是谁将来在这里拾到美女的画卷？不要回忆和春香同游花园的团圆情景，去年离别到今秋重逢又过了整整一年。

【赏析】

这是薛宝琴作的怀古诗的最后一首，叙述的是《牡丹亭》中杜丽娘和柳梦梅的故事。蔡义江认为

这首诗是说林黛玉的，林黛玉的爱情悲剧和杜丽娘有着颇为相似之处，只是《牡丹亭》最后是一个大团圆的结局，而宝黛爱情最终却以生离死别作结。“梅边”暗指黛玉（黛玉前身乃是绛珠仙草），“柳边”暗指宝钗（柳絮如雪，暗藏‘薛’字）；“画婵娟”暗指宝玉对黛玉的爱情如同“画中爱宠”一样不合现实。第三句暗示黛玉的病捱不到春天；第四句是说黛玉之死，距黛玉作《秋窗风雨夕》一诗，大约一年时间。孙念祖认为这首诗的谜底是“扇子”。“梅边”指春天；“柳边”指夏天；“西风”指秋天。人们从秋天开始不用扇子，直到第二年夏天才再一次用到，也合乎情理。

第六十三回花名签酒令

任是无情也动人[1]

【注释】

〔1〕第六十三回宝钗所得花名签酒令，语出唐代罗隐《牡丹花》诗：“若教解语应倾国，任是无情也动人。”

【译文】

尽管（牡丹花）没有感情，却也能让人怦然心动。

【赏析】

这句诗比较吻合宝钗沉着冷静，而又处处让人产生好感的性格特点。诗句原本是咏牡丹的，而牡丹曾经被李白拿来比喻杨贵妃，宝玉又不止一次拿杨贵妃比宝钗。

竹篱茅舍自甘心〔1〕

【注释】

〔1〕第六十三回李纨所得花名签酒令，语出宋代王淇《梅》诗："不受尘埃半点侵，竹篱茅舍自甘心。"

【译文】

虽然是竹子做的篱笆，茅草搭的屋顶，犹自甘心情愿。

【赏析】

李纨的住处叫稻香村，她又自称"稻香老农"。这句诗就是对她寂寞寡居生活的写照。

只恐夜深花睡去〔1〕

【注释】

〔1〕第六十三回史湘云所得花名签酒令，语出宋代苏轼《海棠》诗："只恐夜深花睡去，故烧高烛照红妆。"

【译文】

只怕夜晚太深，花儿也已经睡着了。

【赏析】

这句诗影射“憨湘云醉眠芍药茵”之事，所以黛玉打趣说把“夜深”二字改为“石凉”会更好。也反映出史湘云暂时沉酣于青春的欢乐之中，还没有意识到未来的悲伤结局。

开到荼蘼花事了〔1〕

【注释】

〔1〕第六十三回麝月所得花名签酒令，语出宋代王淇《春暮游小园》诗：“开到荼蘼花事了，丝丝天棘出莓墙。”

【译文】

荼蘼花开的时候，百花竞放的春天就要过去了。

【赏析】

这句诗暗含不祥的意味，所以宝玉把签藏了起来。或者按照曹雪芹原来的安排，麝月可能是陪伴宝玉见证荣国府彻底衰亡的人。

莫怨东风当自嗟〔1〕

【注释】

〔1〕第六十三回黛玉所得花名签酒令，语出宋代

欧阳修《明妃曲·再和王介甫》诗："红颜胜人多薄命，莫怨东风当自嗟。"

【译文】

不要埋怨春风无情，而应当嗟叹自己的命运不好。

【赏析】

曹雪芹固然同情黛玉的不幸遭遇，但是并不一定赏识她的多愁善感和脆弱，所以才有此签。或者像脂砚斋评的那样："求仁而得仁，又何怨！"

桃红又见一年春〔1〕

【注释】

〔1〕第六十三回袭人所得花名签酒令，语出宋代谢枋得《庆全庵桃花》诗："寻得桃源好避秦，桃红又见一年春。"

【译文】

看到桃花红了，又是一年的春天到了。

【赏析】

这句诗讽刺袭人后来嫁给蒋玉菡好比春风二度。正所谓"君生日日说恩情，君死又随人去了"。宝玉尚未死，袭人却已随人而去。

五美吟之西施[1]

一代倾城逐浪花，吴宫空自忆儿家[2]；
效颦莫笑东村女，头白溪边尚浣纱。

【注释】

〔1〕这是第六十四回中黛玉作的几首有关古史中几位身世令人感慨的女子的诗，恰好被宝玉翻见，题作《五美吟》。

〔2〕倾城：绝色美女的代称。见《汉书·外戚传》："北方有佳人，绝世而独立，一顾倾人城，再顾倾人国。"吴宫：吴国的宫殿，西施曾经住过的地方。儿家：指西施。

【译文】

容貌倾城倾国的西施葬身于浪花之中，看到吴国的宫殿平白地生出一段想念。不要嘲笑东村那学西施捧心而颦的丑女子，她活到头发白了还能在溪边浣洗纱布。

【赏析】

这首诗写的是春秋时期越国美女西施的故事。林黛玉在这首诗中明显有以西施自况的意味。曹雪芹在书中拿西施来比黛玉的例子比比皆是。首先，林黛玉初进贾府时，曹雪芹就形容他"病如西子胜三分”；其次，宝玉给黛玉起了一个昵称叫“颦儿”，就是化用西施捧心而颦的意思；第三，第六十五回中，作者又一次借兴儿的嘴说出“多病西施”的比喻。西施因为吴国为越所灭而被沉江。黛玉最终因为和宝玉爱情的不能实现而夭折，正所谓“绛珠之泪，至死不干，万苦不怨”。诗的前半部分是对西施的追忆，说明“倾国倾城”的一代美女西施像浪花一样消逝了；后半部分告诉大家，西施虽然容貌美丽，却薄命而不得善终，最终不免被吴国人沉江而亡。林黛玉寄身贾府，虽然有宝玉体贴知己，仍然有很多人不能理解自己，所以预感到自己多病之身不能长久。思前想后，自然会产生一种悲哀的感觉。

五美吟之虞姬〔1〕

肠断乌骓夜啸风，虞兮幽恨对重瞳〔2〕；
黥彭甘受他年醢，饮剑何如楚帐中〔3〕？

【注释】

〔1〕虞姬：西楚霸王项羽的爱妾，常常跟随霸王在军旅中。

〔2〕肠断：连肠子都要断裂，形容悲痛至极。乌骓：

项羽的座骑，史载项羽有“骏马名骓”。啸风：马的鸣叫。重瞳：指项羽。

〔3〕黥（qíng）彭：黥布和彭越。醢（hǎi）：肉酱，这里指把犯人剁成肉酱的醢刑。饮剑：自刎。这句话指虞姬自刎在项羽的帐中。

【译文】

虞姬肝肠寸断地听着乌骓马在夜风中嘶鸣，满怀悲伤和愤恨地看着项羽的愁容。与其像黥布和彭越那样最后被人处以极刑，还不如饮剑自刎在楚军的帐中。

【赏析】

这首诗赞美的是虞姬耿直倔强的性格；同时也有对项羽犹豫不决，最终断送霸业的怨恨和愤怒；以及对黥布和彭越苟且偷生和反复无常的鄙薄。全诗用对比的手法，把虞姬的临难不苟、霸王的束手无策、黥布和彭越的反复无常表现得入木三分。表达了林黛玉像虞姬一样宁死不屈的坚强性格，诠释了《葬花吟》中“质本洁来还洁去，强于污淖陷渠沟”的诗句。也表达了对贾宝玉面对“金玉良缘”的现实压迫，不能痛下决心，完全彻底地追求爱

情的软弱的一面的怨恨之情。也有人认为诗中用虞姬影射贾元春，聊备一说。

五美吟之明妃〔1〕

绝艳惊人出汉宫，红颜薄命古今同〔2〕。
君王纵使轻颜色，予夺权何畀画工〔3〕？

【注释】

〔1〕明妃：即王昭君。晋代人避司马昭的讳，改称明妃或明君。绝艳：艳丽的姿色空前绝后。

〔2〕出汉宫：指王昭君离开汉宫，出塞和亲的事。红颜：美貌的青年女子。

〔3〕君王：指汉元帝刘奭。颜色：美貌的女子。予夺：给予和拿来，即取舍。畀（bì）：交给。

【译文】

美貌惊人的王昭君离开汉宫出塞和亲去了，古往今来美丽的女子都一样薄命。纵然是汉元帝昏庸无能，埋没美人，又怎么能把取舍的大权交给那些画像的宦官呢？

【赏析】

这首诗是黛玉借昭君出塞的故事来感叹红颜薄命的，同时赞美了王昭君倔犟不屈的个性品质。从

中可以看出面对种种压迫，黛玉不愿意任人摆布，要求自己掌握人生命运的独立精神。诗中讥刺了由于汉元帝的昏庸无能，导致朝廷大权旁落，仿佛也在暗中讽刺贾府的男人从上到下不务正业，无力支撑祖宗基业的背景。小说中用到王昭君的典故颇多，例如薛宝琴的《青冢怀古》等，想是别有深意在。或说诗中以王昭君影射贾探春，因为探春的远嫁他乡和昭君出塞有相似之处。

五美吟之绿珠〔1〕

瓦砾明珠一例抛，何曾石尉重娇娆〔2〕？
都缘顽福前生造，更有同归慰寂寥〔3〕。

【注释】

〔1〕绿珠：晋代石崇的侍妾，美貌艳丽，善于吹笛。后来为报石崇的“情义”跳楼而死。

〔2〕瓦砾：指贵贱好坏不分，把明珠像瓦砾一样抛弃。明珠：指绿珠。石尉：指石崇，他曾经出领南蛮校尉，故称石尉。娇娆：形容美丽的女子，指绿珠。

〔3〕顽福：傻福气。

【译文】

把瓦砾和明珠一样抛弃的石崇，又何尝真正地爱过绿珠？痴顽的福气都是因为前生所造就，所以也就有绿珠和石崇一同就死，以慰藉他死后的寂寞和凄凉。

【赏析】

这首诗写的是晋代石崇和绿珠的故事。林黛玉在诗中对绿珠有一种明显的惋惜之情，尽管石崇未必见得对绿珠就是一片真情，但有人能够和绿珠同伴九泉，也未尝不是一种幸福。由此可见，林黛玉在爱情上不仅重视情感上的相互爱护，而且更加注重精神上的默契。总的来说，林黛玉对绿珠的以身殉情还是持赞赏态度的，这一点，从黛玉后来为宝玉呕血身亡可以得到验证。或说这首诗以绿珠影射薛宝钗，表现了对绿珠不幸结局的同情。

五美吟之红拂[1]

长揖雄谈态自殊，美人巨眼识穷途[2]。
尸居余气杨公幕，岂得羁縻女丈夫[3]？

【注释】

〔1〕红拂：隋朝末年大臣杨素的侍女，本姓张，因为侍候杨素时手中常执红拂，后来人们就称她为红拂。相传李靖以布衣之身谒见杨素时红拂在侧，红拂见李靖气宇轩昂，谈吐不凡，知道李靖将来一定不是庸碌之辈。当夜，红拂逃出杨府，找到李靖，两人一起到太原投奔李世民。

〔2〕长揖雄谈：形容李靖拜见杨素时长揖不拜，谈吐超人。殊：特殊，与众不同。这里形容李靖和杨素谈话不卑不亢，自然大方。巨眼：见识长远，善于鉴别人和事的是非善伪。穷途：处境困难，不得志。“穷”和“通”相对。

〔3〕尸居余气：意思是虽然还有呼吸，但已经形同走尸。这里指杨素。语出《晋书》，李胜曾经对曹爽说：“司马公（司马懿）尸居余气，形神已离，不足虑也。”红拂投奔李靖时，李靖也怕杨素不肯罢休。红拂说道：“彼尸居余气，不足畏也。”羁縻（jī mí）：束缚，留住。女丈夫：指红拂。意思是红拂虽然身为女子，而志向和男子一样高远。

【译文】

李靖长揖不拜雄辩健谈仪态大方，具有远见卓识的红拂一眼就看出他是暂时不得志的英雄豪杰。奄奄一息像行尸走肉一样的杨素，又怎么能够束缚住红拂这样的女中丈夫？

【赏析】

这首诗说的是红拂夜奔的故事，红拂和李靖私奔以后，和虬髯客三人闯荡江湖，被称为“风尘三侠”。诗中表达了黛玉对红拂具有远见卓识、不受权势的诱惑和封建礼教的束缚、大胆追求生活理想的钦佩之情。字里行间也暗示出自己必将摆脱“尸居余气”的贾府的羁縻，去追求理想中的爱情生活。在《五美吟》的五位主人公中，红拂是唯一一位不算薄命的传奇女子。或说这首诗中的红拂影射史湘云，那么应该在后四十回的原稿中有相应的交代。和这五首诗相对应，戚序本和甲辰本还有一条早期的批语提示说，小说后文还有一组题为《十独吟》的诗。可惜已不可考，想来内容大概是吟咏十位寡（独）居女子的愁怨以及大观园中某位姐妹的现实感触的。

桃花行〔1〕

林黛玉

桃花帘外东风软，桃花帘内晨妆懒〔2〕。帘外桃花帘内人，人与桃花隔不远。东风有意揭帘栊，花欲窥人帘不卷〔3〕。桃花帘外开仍旧，帘中人比桃花瘦。花解怜人花亦愁，隔帘消息风吹透〔4〕。风透湘帘花满

庭，庭前春色倍伤情[5]。闲苔院落门空掩，斜日栏杆人自凭。凭栏人向东风泣，茜裙偷傍桃花立[6]。桃花桃叶乱纷纷，花绽新红叶凝碧。雾裹烟封一万株，烘楼照壁红模糊[7]。天机烧破鸳鸯锦，春酣欲醒移珊枕[8]。侍女金盆进水来，香泉影蘸胭脂冷。胭脂鲜艳何相类，花之颜色人之泪[9]。若将人泪比桃花，泪自长流花自媚。泪眼观花泪易干，泪干春尽花憔悴。憔悴花遮憔悴人，花飞人倦易黄昏。一声杜宇春归尽，寂寞帘栊空月痕[10]！

【注释】

〔1〕诗出第七十回。海棠诗社散了已经一年，时逢初春时节，众人又动了诗兴。行：古诗的一种体裁，一般称“歌行体”。

〔2〕桃花帘外：“帘外桃花”的倒装。桃花帘内：“帘内桃花”的倒装。晨妆懒：早晨懒于梳妆。

〔3〕帘栊：窗帘，又指挂着帘子的窗户。

〔4〕隔帘消息：指帘外桃花与帘内人互相怜惜的情绪。

〔5〕湘帘：湘妃竹做的帘子。

〔6〕闲苔院落：庭院里长满了荒苔。茜（qiàn）裙：

大红色的纱裙，这里是指穿裙的人。茜，一种根可作红色染料的植物，这里指红纱。

〔7〕雾裹烟封：桃花盛开时，像被一层朦胧的烟雾笼罩。烘楼照壁：因桃花鲜红似火，所以说如“烘”似“照”。

〔8〕天机：天上织女的织机。鸳鸯锦：带有鸳鸯图案的丝织物。

〔9〕人之泪：人的泪像胭指一样红，是说流出的是血泪。

〔10〕杜宇：即杜鹃鸟，也叫子规。传说古代蜀王名杜宇，号望帝，死后魂魄化为杜鹃，啼声悲切。后亦称杜鹃为杜宇。

【译文】

帘外桃花盛开东风柔柔地吹拂，帘内的少女无心梳妆情绪慵懒。帘外的桃花和帘内的人儿，人与桃花相隔并不遥远。东风有意要揭起窗帘，桃花想要看看佳人帘子却不肯卷起。桃花依旧在帘外盛开，帘里的人儿却渐渐清瘦。花儿如果懂得怜爱佳人的话它也会忧愁，风儿把她们互相怜惜的心思透过帘子传递。东风穿过了斑竹作的帘子，桃花开满了庭院，庭前的明媚春光只是让人倍增伤感。青苔长满了院子门儿虚掩，落日下一个人独自靠在栏杆边。凭栏的人儿在东风里暗暗哭泣，穿着红色的纱裙悄悄地站到桃花旁边。桃花桃叶相互交杂乱乱纷纷，

花儿绽开一片新红叶儿翠绿如碧。成千上万的桃树如同被裹在一层红色的烟雾里，如火似荼的桃花映红了楼台照红了墙壁模糊一片。好像织女的织机上烧破了的鸳鸯锦被掉落在地，又似春梦一觉醒来要移走了的珊瑚枕。侍女用金盆送了水进来，清冷的泉水映得胭脂也显冰冷。胭脂的颜色这么鲜艳有什么能和它相似呢？只有那桃花的颜色和人的眼泪。如果将人的眼泪和桃花相比的话，泪水任它长流桃花仍然妩媚。含泪去观赏桃花泪水容易枯干，眼泪干了春光已尽花儿也凋萎。凋谢的桃花遮掩着面容憔悴的人，桃花落去人也疲倦天色已黄昏。杜鹃一声啼叫春色已尽，只有那寂静的窗帘上空空地照着月痕。

【赏析】

这首《桃花行》作于万物更新的初春时节，是黛玉继《葬花吟》后的又一首长诗。全诗以非常低沉的笔调，通过鲜艳明媚的桃花和孤独悲伤的人多方映衬、反复对比，塑造了一个孤独、忧愁、哀怨、伤感的少女形象。从《红楼梦》全书情节的发展来看，“除夕祭祠”“怡红夜宴”之后，贾府的衰败便开始表面化了。奴婢们接二连三地公开反抗，贾府内各派系互相倾轧。所有这些，都不能不在“曾经离丧”

而又寄人篱下的黛玉的精神世界上投下浓重的阴影，并且发出充满忧伤的哀音。黛玉面对眼前鲜艳欲滴的桃花，心中想着桃花败落时的凄凉景象，不由得产生了对自己未来悲剧命运的预感。这首诗也是作者对命薄如桃花的黛玉的夭亡，预作象征性的写照。所以宝玉看了，“并不称赞，却滚下泪来”。

中秋夜大观园即景联句三十五韵[1]

三五中秋夕，（黛玉）清游拟上元。撒天箕斗灿，（湘云）匝地管弦繁[2]。几处狂飞盏，（黛玉）谁家不启轩[3]？轻寒风剪剪，（湘云）良夜景暄暄[4]。争饼嘲黄发，（黛玉）分瓜笑绿媛。香新荣玉桂，（湘云）色健茂金萱。蜡烛辉琼宴，（黛玉）觥筹乱绮园。分曹尊一令，（湘云）射覆听三宣[5]。骰彩红成点，（黛玉）传花鼓滥喧。晴光摇院宇，（湘云）素彩接乾坤。赏罚无宾主，（黛玉）吟诗序仲昆。构思时倚槛，（湘云）拟景或依门。酒尽情犹在，（黛玉）更残乐已谖。渐闻语笑寂，（湘云）

空剩雪霜痕。阶露团朝菌，（黛玉）庭烟敛夕棔。秋湍泻石髓，（湘云）风叶聚云根。宝婺情孤洁，（黛玉）银蟾气吐吞[6]。药经灵兔捣，（湘云）人向广寒奔[7]。犯斗邀牛女，（黛玉）乘槎访帝孙[8]。盈虚轮莫定，（湘云）晦朔魄空存[9]。壶漏声将涸，（黛玉）窗灯焰已昏[10]。寒塘渡鹤影，（湘云）冷月葬花魂。（黛玉）香篆销金鼎，脂冰腻玉盆。箫增嫠妇泣，衾倩侍儿温。空帐悬文凤，闲屏掩彩鸳。露浓苔更滑，霜重竹难扪。犹步萦纡沼，还登寂历原。石奇神鬼搏，木怪虎狼蹲。赑屃朝光透，罘罳晓露屯。振林千树鸟，啼谷一声猿。歧熟焉忘径？泉知不问源。钟鸣栊翠寺，鸡唱稻香村。有兴悲何继，无愁意岂烦[11]？芳情只自遣，雅趣向谁言[12]。彻旦休云倦，烹茶更细论。（妙玉）

【注释】

〔1〕诗出第七十六回。荣国府内过了一个冷落清凄的中秋节。

〔2〕箕斗：南箕北斗，星宿名，此处泛指满天繁星。

匝地：满地，遍地。管弦：管乐器和弦乐器，这里指乐声。

〔3〕飞盏：举杯。狂飞盏，指尽兴喝酒。启轩：打开窗户赏月。

〔4〕剪剪：风微细的样子。景暄暄：情景热闹。暄暄，暖融融，这是就心情而言。

〔5〕射覆：原来是将东西覆盖在盆下，让人猜测的游戏。后来古法失传，另用语言歇后隐前的办法来猜物，也叫射覆，第六十二回曾写到。宣：宣布酒令。

〔6〕“宝婺”二句：婺（wù），婺女，星宿名，又名婺女星，即女须星，这里代指秋星。银蟾，指月中蟾蜍。气吐吞，古人把云层遮月而过说成是月中蟾蜍在吞吐云气。

〔7〕“药经”二句：传说月中有白兔捣药，嫦娥偷吃不死灵药而奔月。广寒，广寒宫，即月宫。

〔8〕“犯斗”二句：典出晋代张华《博物志》。海上客乘槎仙游回来后，曾问方士严君平。严说：“某年月日，客星犯牵牛宿。”一算，正是他到天河的时候。两句用的是一个传说。邀，见面。牛女，牵牛、织女两星。

〔9〕“盈虚”二句：意谓月亮的圆缺变换不停，此处借月隐说人事。盈虚，指月的圆缺。轮，月轮。晦朔，阴历月末一天叫晦，月初一天叫朔，晦朔无月。魄，月魄，已无月光而徒存魂魄。

〔10〕壶漏：古代计时器。涸：水干，这里指声歇。

〔11〕悲何继：不会有悲哀的情绪生出。意岂烦：

心绪怎么会烦乱。

〔12〕芳情：少女的情思。遣：排遣，寻找地方寄托。

【译文】

八月十五中秋月夜，游玩赏乐犹如元宵佳节。满天的星斗光辉灿烂，遍地里奏起纷繁悦耳的乐声。多少地方狂欢饮酒传杯盏，又有哪家不开启窗户赏明月？天气已微凉风儿轻轻地吹，良宵美景热闹非凡。戏谑那些争吃月饼的黄发老者，取笑忙着分吃西瓜的黑发少女。盛开的桂花飘散清香，繁茂的萱草闪耀光彩。蜡烛高照辉耀盛宴，觥筹交错在这美好庭园。分好对手同尊一个酒令，猜谜罚酒的酒令也多次宣布。彩色的骰子飞快旋转红成一点，击鼓传花一个劲儿地敲打喧天。清朗的月色照着庭院，洁白的月光接地连天。饮酒行令赏罚不分宾主，吟诗作赋却要分个先后。有时候倚着栏杆构思，有时候却靠在门边琢磨词句。酒已喝完余兴依然不尽，夜色更深乐声已经寂然。谈笑的声音渐渐地沉寂，大地上只留下了霜一般的月光。露湿台阶时朝菌已团团而生，烟笼庭院中椿树已经敛合。湍激的秋水从岩石缝里泻出，风扫落叶堆积在山石旁边。婺女星孤傲又高洁，月里的银蟾吞云吐气。吃了灵兔捣过的仙药，嫦娥正向着月宫飞奔。冲进星群里去邀请牛郎织女，乘着木筏去拜访帝孙。月亮有圆有缺变幻不定，月末月初月体空存不见光华。铜壶滴漏

的声音就要停息，窗前灯烛的光焰已经昏暗不明。秋夜的寒塘掠过飞鹤的身影，

清冷的月光掩埋了落花的精魂。篆香在金鼎里快要燃尽，蜡烛的流油凝满了洁白的烛盆。箫声增添了寡妇哭声的悲凄，被冷褥凉还要侍女来温一温。空空的纱帐绣着彩凤，闲置的屏风上绘着彩色的鸳鸯。露气已浓青苔越发湿滑，霜气已重翠竹难以抚摸。沿着曲折的湖边散步，然后登上那寂静的高地。石头奇形怪状像神鬼在搏斗，树木长得很怪仿佛蹲着的野兽。碑石上透出了晨光，门外的篱垣凝满了朝露。成群的鸟儿从树林中飞起，深山空谷里响彻一声猿啼。熟悉的岔道怎么会迷路？知道的泉水不用去问它的源头。栊翠庵里的晨钟已经敲响，稻香村里也传来报晓的鸡鸣。兴致勃勃悲伤就无从而来，没有忧愁烦恼难道会自生？美好的情思只好独自消遣，高雅的意趣又能向谁表明？通宵达旦忘记了疲劳倦困，烧煮香茶再来细细品评。

【赏析】

抄检大观园的轩然大波，使贾府所有的人几乎都卷入了斗争的漩涡，各种各样的矛盾冲突同时激化。贾府原来那种“尊卑有等，长幼有序”的虚假

的封建秩序被打破了。这场斗争的结果，是贾府众叛亲离，人仰马翻，病的病，散的散，撵的撵，死的死……

中秋夜联句紧接在抄检大观园之后，是借此明写贾府的衰败景象。

一如凸碧堂的中秋夜宴，联句的开首未免要强作欢笑，写“匝地管弦繁”“良夜景暄暄”“蜡烛辉琼宴，觥筹乱绮园”等热闹场面，用些华丽的词藻和典故，“铺陈些富丽”，实际都是故作精神，终究掩饰不住贾府的衰败给她们带来的感伤忧郁的思绪。酒席是无精打彩的，宝钗、宝琴不在，李纨、凤姐生病，贾母见少了四个人，“便觉冷清了好些”，不觉为之“长叹”。而这联句的开头几句场面话过后，渐渐出来了“更残”“漏涸”“语寂”“焰昏”这样的字眼，充满了一种接近尾声、即将散场的凄凉气氛。

诗的高潮，最后凝结在“寒塘渡鹤影，冷月葬花魂”这样的颓丧的情景之中，而难以为继。连所谓看破红尘、遁入空门的妙玉也不免认为“果然太悲凉了，不必再往下联”了。妙玉觉得这不仅“过于颓败凄楚”，而且“此亦关人之气数”。“人之气数”，当然与黛玉、湘云的身世遭遇有关，但更主要的还是对贾府衰败的一种暗示。

妙玉深感诗句过于悲凉，所以结作了十三韵，想把这种难堪的阴冷情调翻转过来，便从夜尽晓来的意思上做文章。但这只不过是一种企图逃避不幸命运的主观愿望罢了，亦且给全诗抹上一层凄厉的颜色。嫠妇悲泣，清猿哀啼，望“文凤”而兴叹，思“彩鸳”而伤怀……凡此种种，由贾府表现出来的封建社会末世衰败的惨淡景象，也不能不感染佛门净地——栊翠庵。空门并非真空门，妙玉也不过是“云空未必空”罢了。

大观园有过两次联诗，中秋夜的联句与芦雪庵的即景诗的热闹场景形成了鲜明的对比。凹晶馆联句，是贾府统治者在中秋夜宴上的流露的颓丧心境的进一步渲染，揭示着贾、史、王、薛四大家族已是日暮途穷，临近末日了。

琴曲四章〔1〕

林黛玉

风萧萧兮秋气深，美人千里兮独沉吟〔2〕。望故乡兮何处？倚栏杆兮涕沾襟〔3〕。

山迢迢兮水长，照轩窗兮明月光〔4〕。耿耿不寐兮银河渺茫，罗衫怯怯兮风露凉〔5〕。

子之遭兮不自由，予之遇兮多烦忧[6]。之子与我兮心焉相投，思古人兮俾无尤[7]。

人生斯世兮如轻尘，天上人间兮感夙因[8]。感夙因兮不可惙，素心如何天上月[9]！

【注释】

〔1〕第八十七回黛玉收到宝钗的信和诗后，写了这四章，并且翻入琴谱，以当和作。

〔2〕萧萧：秋风吹动的声音。美人：林黛玉自称。

〔3〕涕沾襟：眼泪洒湿了衣襟。

〔4〕迢迢：遥远。轩窗：这里指房间的窗户。轩，原指有窗槛的长廊或小室。

〔5〕耿耿不寐：心绪烦躁不安，难以入睡。罗衫：丝做的质地轻而软的衣衫。怯：畏缩，这里形容风吹动衣衫，让人感到夜风和露水的冷意。

〔6〕烦忧：烦闷忧愁。

〔7〕之子：这个人。《诗 · 周南 · 桃夭》：“之子于归，宜其室家。”俾（bí）：使。无尤：没有过失。

〔8〕斯世：这辈子，这个世界。轻尘：比喻人生在世间轻如微尘。天上人间：即生死。天上谓死，人间谓生。夙因：前世的因缘。

〔9〕惙：断绝，停止。

【译文】

秋风萧瑟啊，天气渐渐转凉，离家千里的女子独自伤神低吟。遥望故乡啊，你在哪里？倚靠着栏杆啊，泪水沾湿了衣襟。

山高路远啊，流水又长，照在我的窗前啊，是明亮的月光。心潮起伏难以入睡啊，天河多么渺茫。罗衣轻轻飘动啊，夜风和露水让人感到寒凉。

您的遭遇啊，不过是不够自由，我的处境呢，又有太多的烦恼忧愁。你和我啊，意气多么相投，想一想（多难的）古人啊，让我们避免（言行的）过失。

人生在世啊，像尘土一样轻贱，生死难料啊，都是前世的造化。感叹前世的姻缘啊，不能停止，纯洁的心何所似啊，就像天上的明月一样。

【赏析】

黛玉和宝钗是大观园内众姊妹中文采最好的两位女子。两个人从第一次见面开始，就一直处于一种微妙的关系之中。特别是在同宝玉的婚姻问题上，林黛玉是先入为主，和宝玉情趣相投；薛宝钗是后来居上，有贾母和王夫人等人作为靠山。

随着小说情节的发展，两人在和宝玉的爱情这一问题上产生的矛盾越来越大。但是黛玉看了宝钗送给自己的书信和诗后，由于相似的身世感慨而产生了强烈的心灵共鸣，乃至于连从前的种种不快都得到了暂时的解脱。恰好又看到宝玉从前送给自己的手帕和题诗，越发激起了心中伤痛寂寞的波澜。因此写下了这四章琴曲，既是对宝钗赠诗的应和，又是对自己心声的透露。我们从这里可以看出，平常“爱使小性儿”的黛玉与温和含蓄的宝钗相比较，实际上非常单纯，毫无心机。这四章琴曲由身边的秋风写到远方的故乡，由地上的露水写到天上的银河，由宝钗的遭遇写到自己的处境，表达了黛玉对故乡的思念，抒发了她对爱情的幽怨，最后发出人生在世轻如微尘、一切因缘不可强求的感慨！总的来说，这四首诗并没有跳出古人诗词的窠臼，大有一种秋思闺怨的意味；不像前八十回中诗文那样和人物思想性格丝丝入扣，从一定程度上反映了续作和原作在思想基础和艺术修养上的差别。

忆江南二首[1]

贾宝玉

随身伴，独自意绸缪[2]。谁料风波平地起，顿教躯命即时休[3]；孰与话轻柔？

东逝水，无复向西流。想象更无怀梦草，添衣还见翠云裘[4]；脉脉使人愁！

【注释】

〔1〕第八十九回宝玉去上学，袭人给他送去一件衣服，恰好是晴雯织补过的雀金裘，引起了宝玉睹物思人的情愫，辗转了一夜，填了这两首词。

〔2〕随身伴：指晴雯。意绸缪：情意殷勤，缠绵不断。

〔3〕风波：灾难。指晴雯被撵出大观园的事情。顿：立刻，马上。

〔4〕翠云裘：即雀金裘。为了不让宝玉受责备，晴雯在病中连夜为宝玉织补雀金裘，加重了自己的病情。

【译文】

亲密的友伴啊，抛下我一个人情意缠绵难收。谁能料想无端地起了一场风波，顷刻间就把你的生命夺走；我再和谁去倾诉心中的柔情呢？

东去的流水呀，永远不会回头向西。想见你的容颜啊却没有“怀梦草”，加衣服时看到你织补过的雀金裘；想起你绵绵的情意不由得使我烦恼忧愁。

【赏析】

这两首小词是续作者对第七十八回“痴公子杜撰芙蓉诔”的补充和照应。作者本意是想通过描写宝玉睹物思人，进一步深化宝玉对晴雯的无限眷恋之情。但是和《芙蓉女儿诔》那样感情浓烈、文辞酣畅的华章巨制相比，就显得有些画蛇添足和班门弄斧。这两首词不仅形式非常单薄，而且语句有些像艳情诗。特别是“孰与话轻柔”“脉脉使人愁”等语，显得颇为暧昧，并不符合晴雯的叛逆个性和高洁品质。对于这两首词的其他寓意笔者不再赘述，读者可以和《芙蓉女儿诔》参照分析。

赞　黛　玉〔1〕

亭亭玉树临风立，冉冉香莲带露开〔2〕。

【注释】

〔1〕第八十九回形容黛玉美貌的话。

〔2〕亭亭：高高站立的样子。又作“婷婷”，多用来形容人物的潇洒和树木的耸立。玉树：用来比喻人

的才貌之美，这里指黛玉。语出《世说新语·容止》："魏明帝使后弟与夏侯玄共坐，时人谓蒹葭依玉树。"又唐代杜甫《饮中八仙歌》："宗之潇洒美少年，举觞白眼望青天，皎如玉树临风前。"冉冉：柔弱的样子。

【译文】

（黛玉）像玉树临风般亭亭玉立，又像荷花带露开放一样美丽多姿。

【赏析】

黛玉初次进荣国府时，曹雪芹已经把黛玉的容貌写得入木三分。续书作者不惮词费，在八十回后还一再赞美黛玉之美貌，实在是有些班门弄斧。

心病终须心药治，解铃还是系铃人〔1〕。

【注释】

〔1〕第九十回黛玉听见紫雁说宝玉订亲后，病势加重。后来知道是误会，病势又逐渐减轻。这是续小说中发感慨的对句。心病，由于心中多虑引起的疾病。系铃人：典出明代瞿汝稷《指月录》："金陵清凉泰钦法灯禅师在众日（和大家在一起的时候），性豪逸，不事事，众易之（众人小看他）。法眼独契重（器重）。眼一日问众：'虎项金铃，是谁解得？'众无对。师（法灯）适至，眼（法眼）举前语问，师（法灯）曰：'系者解得。'"后来，人们把法灯的话概括成一句成语，就是

“解铃还须系铃人”。意思是谁惹出的麻烦，还需要谁去解决。

【译文】

思想上的疾病最终要用思想上的办法来治疗，系在虎项上的金铃还要系它的人才能解下来。

【赏析】

书中黛玉听说宝玉的婚事是老太太做主，亲上做亲，又是园中住着的，所以“心中疑团已破，自然不似先前寻死之意了”。实在是对黛玉的误会和亵渎。首先，这一段在情节上和前文冲突，因为宝钗此时已经搬出大观园，不在园中居住。其次，黛玉之死，似乎不应该仅仅是为了宝玉和宝钗的婚姻。从小说的前半部分和有关资料可以看出，曹雪芹设计的原稿中，黛玉应该是“泪尽”而死。黛玉本来就是报答神瑛侍者的“灌溉”之恩的，可是戚序本中却有“所以绛珠之泪至死不干，万苦不怨”的语句，可见续书作者并没有十分准确地把握住黛玉的思想和性格特点，往往只纠缠于宝黛二人未能成功的婚姻上。

经典国学口袋书

01 周易
02 道德经
03 庄子
04 论语
05 孟子
06 大学·中庸
07 孙子兵法
08 三十六计
09 百战奇略
10 六韬·三略
11 山海经
12 左传
13 战国策
14 史记·本纪
15 史记·世家
16 史记·列传
17 汉书
18 后汉书
19 三国志
20 吕氏春秋
21 资治通鉴
22 中国通史
23 中华上下五千年
24 贞观政要
25 中国古代文化常识
26 中国古代名言警句
27 徐霞客游记
28 容斋随笔
29 金刚经
30 忍经·劝忍百箴
31 忠经·孝经
32 智囊
33 梦溪笔谈
34 本草纲目
35 黄帝内经
36 菜根谭
37 小窗幽记
38 颜氏家训
39 围炉夜话
40 曾国藩家书
41 诗经
42 楚辞
43 古诗
44 唐诗三百首
45 宋词三百首
46 元曲三百首
47 千家诗
48 豪放词
49 婉约词
50 世说新语
51 笑林广记
52 古文观止
53 唐宋八大家散文
54 诸子百家名句赏析
55 四书五经名句赏析
56 二十五史名句赏析
57 古代散文名句赏析
58 古代诗词名句赏析
59 红楼梦诗词名句赏析
60 阅微草堂笔记
61 闲情偶寄
62 三字经·百家姓
63 幼学琼林
64 声律启蒙·弟子规
65 千字文·增广贤文
66 对联
67 俗语
68 谚语
69 歇后语
70 格言联璧
71 中华寓言故事
72 中华典故故事
73 中华成语故事
74 中国十大喜剧故事
75 中国十大悲剧故事
76 中国皇帝传
77 中国皇后传
78 中国宰相传
79 中国将帅传
80 白话聊斋

59－7 【月曼清游图】绢本 局部 ［清］陈枚 故宫博物院藏

59－7　【月曼清游图】绢本 局部［清］陈枚　故宫博物院藏